SEMAINE DE RELÂCHE

www.bratz.com

© 2008 TM & ©MGA Entertainment, Inc.
Tous droits réservés.
Utilisé sous licences par Les Publications Modus Vivendi Inc. ·

Publié par Presses Aventure, une division de
LES PUBLICATIONS MODUS VIVENDI INC.,
55, rue Jean-Talon Ouest, 2ᵉ étage
Montréal (Québec)
H2R 2W8.

Paru sous le titre original : *Bratz Spring Break Safari*

Dépôt légal - Bibliothèque et Archives nationales du Québec, 2008
Dépôt légal - Bibliothèque et Archives Canada, 2008

Traduit de l'anglais par : *Catherine Girard-Audet*
Montage infographique : *Modus Vivendi*

ISBN 13 : 978-2-89543-833-5

Tous droits réservés. Aucune section de cet ouvrage ne peut être reproduite, mémorisée dans un système central ou transmise de quelque manière que ce soit ou par quelque procédé, électronique, mécanique, photocopie, enregistrement ou autre, sans la permission écrite de l'éditeur.

Nous reconnaissons le soutien financier du gouvernement du Canada par l'entremise du Programme d'aide au développement de l'industrie de l'édition (PADIÉ) pour nos activités d'édition.

Gouvernement du Québec – Programme de crédit d'impôt pour l'édition de livres – Gestion SODEC

Imprimé au Canada.

Chapitre 1

« Ce ne sont que quelques exemples des merveilles que l'on retrouve dans la majestueuse forêt tropicale ! » annonce mademoiselle Couri, la professeure de biologie de l'école secondaire de Stilesville. Elle vient juste de présenter des diapositives de son dernier voyage dans la forêt tropicale aux élèves de sa classe, et contrairement à la plupart des diaporamas, cette présentation est vraiment géniale et remplie d'animaux exotiques, de plantes exceptionnelles et de paysages éblouissants.

« Ouah ! Je ne savais pas que des arbres pouvaient être aussi impressionnants », chuchote Cloé à sa meilleure amie Yasmin.

« Moi si ! » répond Yasmin. « J'ai toujours aimé les arbres. »

« Ces plantes et ces animaux sont vraiment magnifiques », admet leur meilleure amie Jade, qui est assise tout juste derrière Cloé. « En fait, toutes ces

©MGA

couleurs spectaculaires m'ont donné des idées géniales pour des tenues branchées ! »

« Je suis contente que vous soyez aussi enthousiastes, les filles », leur dit leur professeure en écoutant leur conversation, « car j'organise un voyage d'écotourisme dans la forêt tropicale durant la semaine de relâche, et huit élèves pourront se joindre à moi. »

« J'embarque ! » s'écrie Sasha, qui est assise derrière Yasmin. Elle met sa main devant sa bouche lorsqu'elle réalise à quel point elle s'est emballée. Elle est le quatrième membre de ce quatuor de meilleures amies, et c'est elle qui a tendance à prendre les décisions pour le groupe.

« Nous escaladerons des montagnes, nous ferons de la randonnée en nature et nous ferons du kayak sur la rivière », poursuit mademoiselle Couri. « Nous pourrons ainsi étudier la nature et se joindre aux efforts de conservation de la forêt tropicale. »

« Ça me semble génial », s'exclama Yasmin. « Je n'arrive pas à imaginer une meilleure façon de passer notre semaine de relâche. »

4

La cloche sonne, indiquant la fin des cours pour la journée. « J'espère que vous réfléchirez au voyage. Demain, j'apporterai une feuille d'inscription dans la classe », s'écrie mademoiselle Couri.

Cette dernière est une nouvelle professeure, et l'une des plus jeunes et des plus cool de toute l'école. Les filles sortent rapidement de la classe en songeant que leur professeure serait la chef d'expédition la plus géniale qui soit.

« Elle semble toujours emballée par ce qu'elle nous enseigne ! » s'exclame Cloé. « Si elle parvient même à rendre la biologie intéressante, imaginez à quel point nous serons épatées par la forêt tropicale ! »

« Cloé, la biologie est intéressante ! » proteste Yasmin. Elle est la meilleure élève du groupe, et bien que la création littéraire soit son point fort, elle aime tous les cours. « Les forêts tropicales sont tout à fait reliées à la biologie : les plantes, les animaux, les écosystèmes... C'était justement de cela que mademoiselle Couri voulait nous parler dans sa présentation d'aujourd'hui. Elle ne voulait pas seulement nous montrer de jolies photos ! »

« L'école est finie, Yas… cesse de me donner des cours, d'accord ? » proteste Cloé.

« Je crois juste que si nous songeons sérieusement à faire ce voyage, nous devrions être conscientes de ce qui nous attend », explique Yasmin. « Ça semble vraiment être une aventure fabuleuse, mais comme l'a dit mademoiselle Couri, nous y allons vraiment pour étudier la forêt tropicale. »

« Attends, tu ne crois tout de même pas que nous aurons des devoirs à faire pendant le voyage, n'est-ce pas ? » demande Jade tandis que les filles se dirigent vers le stationnement. « Après tout, c'est une semaine de relâche ! Ça sert à prendre des vacances; pas à faire du temps supplémentaire ! »

« C'est un voyage éducatif », répond Sasha, « alors j'imagine qu'il y aura des trucs à apprendre sur des animaux exotiques comme les jaguars, les singes et les toucans. Nous pourrons les voir dans leurs habitats naturels ! Ça sera bien plus amusant que des cours ordinaires. »

« En plus, nous aurons la chance de visiter un endroit spectaculaire, et nous aurons de bien meilleures histoires à raconter que si nous passons la semaine de relâche sur la plage, comme nous le faisons d'habitude », ajoute Yasmin tandis qu'elles s'entassent dans la voiture cruiser de Cloé.

« Et nous aiderions à conserver la forêt tropicale. »

« Ça semble vraiment génial », acquiesce Jade.

« Alors, où allons-nous, les filles ? » demande Cloé en se glissant derrière le volant.

« C'est vraiment une journée magnifique – voulez-vous aller au parc ? » suggère Yasmin en penchant sa tête vers l'arrière pour prendre un peu de soleil.

« Ouais ! » répondent ses amies.

©MGA

Cloé les conduit au parc, où elles se réunissent autour d'une table à pique-nique qui fait face au centre commercial de Stilesville, l'un de leurs endroits préférés dans toute la ville. « C'est bizarre de se trouver si près du centre commercial sans y pénétrer », plaisante Jade.

« Je sais », répond Cloé, « mais il fait vraiment trop beau pour aller se confiner à l'intérieur. »

« Alors je devrai prier pour une journée nuageuse ! » plaisante Jade.

« Eh bien, si nous nous inscrivons à ce voyage, nous aurons besoin de nouvelles tenues de safari », fait remarquer Sasha.

« Ça y est, j'embarque ! » déclare Jade. « Je ferais n'importe quoi pour renouveler ma garde-robe ! » Elle agite la main devant son corps comme si elle peignait une toile pour ses amies. « Je sais exactement ce dont nous avons besoin – une tenue branchée de safari constituée d'un pantalon cargo tout mignon et d'imprimés de camouflage ! »

« Oh, c'est une idée géniale ! » ajoute Cloé. « Les filles, êtes-vous sûres de ne pas vouloir faire un arrêt au centre commercial pour y jeter un petit coup d'œil ? »

« Cloé ! Nous contemplons la nature, tu te souviens ? » la gronde Sasha.

« Oh… c'est vrai », dit Cloé. « Êtes-vous sûres que nous ne pouvons pas la contempler de l'intérieur ? » Les filles répondent par un signe de tête et poursuivent leur discussion.

« Je veux vraiment participer à ce voyage », annonce Yasmin. « Voulez-vous m'accompagner, les filles ? »

« Bien sûr ! » répond Sasha. « Nous formons une équipe ! »

« Yasmin, nous devons absolument terminer le nouveau numéro du Magazine Bratz durant la semaine de relâche », lui rappelle Jade, « et nous n'avons même pas encore commencé ! »

Yasmin esquisse alors un large sourire. « Jade, ça y est ! » déclare-t-elle.

« Qu'est-ce qui y est ? » demande Jade d'un air confus.

« Nous ferons un numéro du Magazine Bratz consacré à la forêt tropicale ! » s'exclame Yasmin. « Ce sera génial, et nous aurons des tas de nouvelles activités et de nouveaux endroits à décrire. »

« Ouais ! » acquiesce Jade. « Je pourrai aussi présenter à nos lecteurs de nouvelles tendances inspirées de la jungle. »

« Nous pourrons également parler des plantes et des animaux vraiment cool qui vivent dans la jungle », ajoute Yasmin. « Nous pourrons faire voir aux lecteurs toute la beauté de la forêt tropicale. »

« J'adore cette idée ! » s'exclama Cloé. « Les numéros thématiques sont mes préférés ! »

« C'est donc réglé », répond Sasha. « Nous nous inscrirons à ce voyage dès demain matin. »

« Ce sera la semaine de relâche la plus excitante qui soit ! » s'écrie joyeusement Yasmin.

« Ainsi que l'édition la plus spectaculaire du Magazine Bratz ! » déclare Jade.

Chapitre 2

« Mademoiselle Couri, mademoiselle Couri, nous voulons participer à votre voyage ! » s'écrie Cloé le jour suivant en se précipitant vers sa professeure en compagnie de ses trois amies juste avant leur cours de biologie.

« Très bien », répond leur professeure. « Je suis certaine que vous en profiterez pleinement. »

« Je suis du même avis ! » acquiesce Yasmin. « Je suis toujours prête à aider l'environnement ! »

« L'école a accepté de commanditer les huit élèves qui participeront à ce voyage », leur dit mademoiselle Couri. « En échange, vous devrez faire un compte-rendu au reste de l'école sur les connaissances que vous avez acquises. Vous ferez aussi beaucoup de bénévolat pour combler les coûts de l'expédition. Qu'en pensez-vous ? »

©MGA

« J'adore les trucs gratuits ! » s'exclame Sasha.

« Nous pensions aussi faire une édition spéciale de notre magazine basée sur notre voyage, alors nous aurons une tonne de choses à raconter à nos compagnons de classe. »

« Parfait ! » répond mademoiselle Couri. « Suivez-moi dans ma salle de classe et je vous fournirai toute l'information dont vous avez besoin. »

Elle remet aux filles des bordereaux demandant la permission des parents, l'itinéraire ainsi qu'une liste des fournitures nécessaires.

« L'école s'occupera de vos billets d'avion », explique-t-elle, « alors vous n'avez pas à vous inquiéter à ce sujet. »

« S'occupera-t-elle aussi de faire les réservations pour nos hôtels ? » demande Jade.

« En fait, nous ferons du camping tout au long du voyage », lui répond mademoiselle Couri.

Jade a l'air surprise. « D'accord », dit-elle. « Je suis prête à vivre à la dure. »

« Est-ce que d'autres personnes se sont inscrites au voyage ? » demande Sasha.

« Vous avez en fait obtenu les quatre dernières places ! » Mademoiselle Couri leur tend sa feuille d'inscription pour qu'elles puissent voir les noms apparaissant sur la liste.

« Oh, c'est cool ! Fianna participe elle aussi au voyage ! » s'exclame Cloé en apercevant le nom de leur amie en haut de la liste.

« Connaissez-vous Lilee ? » demande mademoiselle Couri. Les filles secouent la tête. « C'est une nouvelle élève et je crois qu'elle ne connaît personne dans ce voyage, alors je compte sur vous pour lui réserver un accueil chaleureux, » poursuit la professeure.

« Comptez sur nous pour être le comité d'accueil ! » déclare Jade. Elle aperçoit alors deux autres noms figurant sur la liste. « Oh, non ! Kaycee et Kirstee ! »

« Où donc ? » demande Cloé en regardant anxieusement dans la salle de classe.« Sur la feuille d'inscription ! » explique Jade. « Elles nous accompagneront dans la forêt tropicale ! »

« Quelque chose ne va pas ? » demande mademoiselle Couri. « Il est essentiel de travailler en équipe tout au long de ce voyage, alors dites-le moi tout de suite s'il y a un problème. »

« Non, non, tout va bien », l'interrompt Sasha. « En vérité, Kaycee et Kirstee n'ont pas toujours été sympas avec nous, mais il n'y pas de quoi s'inquiéter. Après tout, nous pouvons nous entendre avec tout le monde – n'est-ce pas, les filles ? »

Ses meilleures amies répondent par un signe affirmatif de la tête, mais elles ne sont pas convaincues pour autant. Kaycee et Kirstee sont des jumelles qui veulent toujours s'en prendre à Sasha, Cloé, Jade et Yasmin. En fait, ces morveuses sont si méchantes qu'elles leur font penser à des jumelles démoniaques tout droit sorties d'un conte. C'est pour cette raison que les filles les surnomment les doubles nulles.

« Je suis soulagée de vous l'entendre dire », répond mademoiselle Couri. « Je suis convaincue que ce voyage sera une expérience formidable pour vous toutes. Je suis vraiment contente que vous soyez de la partie ! »

La cloche sonne et les filles regagnent leurs sièges. Mademoiselle Couri continue de leur parler de la forêt tropicale tout au long de la classe, ce qui rend les filles encore plus enthousiastes à l'idée de passer leur semaine de relâche dans un safari.

Après l'école, elles aperçoivent Fianna près de son casier et se mettent à discuter avidement du voyage. « Je suis vraiment contente que vous participiez au voyage ! » s'exclame Fianna. « J'y serais allée de toute façon, mais maintenant je suis convaincue que ce sera génial ! »

« J'espère que vous ne parlez pas de l'expédition dans la forêt tropicale ? » demande Kirstee en marchant vers elles avec sa jumelle identique. Comme d'habitude, les doubles nulles sont vêtues d'une tenue duveteuse de couleur rose bonbon aveuglant.

« Ouais, parce que nous participons à ce voyage, et nous ne voulons pas que les Bratz viennent tout gâcher ! » ajoute Kaycee.

« Pourquoi voulez-vous participer à ce voyage ? » demande Jade. « Vous n'aimez même pas les activités extérieures, et aux dernières nouvelles, le camping et la randonnée exigent de passer beaucoup de temps à l'extérieur. »

« Hé, personne ne nous a rien dit au sujet du camping ! » gémit Kaycee. « Kirstee, savais-tu que nous devions faire du camping ? »

« Comment aurais-je pu le savoir ? » répond sèchement Kirstee. « C'est complètement dégoûtant, mais maman et papa s'attendent tous deux à ce que nous ayons un A en biologie, et nous pourrons seulement y arriver grâce aux crédits supplémentaires que nous obtiendrons en faisant ce voyage. »

« Mademoiselle Couri vous offre des crédits supplémentaires pour participer à ce voyage ? » demande Cloé. Sa note de biologie n'était pas mauvaise, mais elle accepterait volontiers une petite augmentation.

« Bien sûr que si – parce que nous serons ses meilleures assistantes ! » déclare Kirstee.

« Ouais, vous êtes toujours si aimables », murmure Sasha.

« D'accord, les filles, on se calme », chuchota Yasmin à ses amies. Elle se tourne ensuite vers les doubles nulles en affichant un sourire éclatant. « Ça sera vraiment génial. Nous sommes impatientes de travailler avec vous ! »

« N'importe quoi ! » répondent les doubles nulles avant de partir en flèche.

« Je n'arrive pas à croire que nous devrons passer notre semaine de relâche avec elles », gronde Kaycee en s'éloignant le long du corridor.

« Yasmin, pourquoi es-tu soudain si sympa avec les doubles nulles ? » demande Jade lorsque les jumelles se trouvent hors de portée de voix.

« Vous avez entendu ce que nous a dit mademoiselle Couri », répond Yasmin. « Elle s'attend à ce que nous travaillions en équipe tout au long de ce voyage, et personnellement, je ne tiens pas à louper cette occasion parce que les doubles nulles nous tombent sur les nerfs. »

« Tu as raison », soupire Sasha, « et il faut voir le bon côté des choses : le fait d'être gentilles avec les doubles nulles semblent les embêter encore plus ! »

« Alors nous les couvrirons d'attentions », déclare Fianna.

« Je ne sais pas pourquoi nous n'avons jamais pensé à cela auparavant », ajoute Cloé. « Elles ne supportent pas les gens aimables ! »

« Bon, maintenant que cette histoire est réglée, je crois qu'il est temps d'aller choisir les jolies petites tenues de safari dont je vous parlais », annonce Jade.

« C'est la meilleure façon d'entamer la fin de semaine ! » accorde Sasha.

« Attendez. Fianna, connais-tu Lilee, la nouvelle élève ? » demande Yasmin.

« Non, pourquoi ? » demande Fianna.

« Elle participe elle aussi au voyage, et je me demandais si elle aurait voulu aller au centre commercial avec nous », explique Yasmin.

« Haaa, Yasmin, c'est vraiment gentil de ta part », lui dit Fianna, « mais comme nous ne l'avons pas encore rencontrée, il faudrait demander à chaque fille de l'école si elle s'appelle Lilee. Nous ferons sa connaissance lors de ce voyage. »

« J'imagine que tu as raison », dit Yasmin, « mais le magasinage est la meilleure façon pour moi de me faire de nouveaux amis ! »

« La mienne aussi », acquiesce Cloé, « mais je crois que faire de la randonnée dans la forêt tropicale te permettra aussi de créer des liens. »

« Tu as sûrement raison », admet Yasmin en souriant à son amie.

« Allons au centre commercial ! » s'écrie Jade. Les filles se dirigent aussitôt vers le stationnement, puis vers le centre d'achat.

Elles se précipitent à l'intérieur du centre commercial de Stilesville, puis se dirigent tout droit chez Unique, l'une de leurs boutiques préférées. Les cinq filles choisissent rapidement des t-shirts graphiques, des pantalons cargos courts, des vestons d'armée, des casquettes

©MGA

avec imprimés de camouflage et des chaussures de sport à la fois confortables et élégantes.

Les filles se rassemblent toutes dans la salle d'essayage pour exhiber leurs nouvelles tenues.

« Nous serons les exploratrices les plus branchées de la jungle ! » s'exclame Jade tandis que ses amies sortent des cabines d'essayage. « Cloé, ton haut avec des imprimés de camouflage est le plus mignon de tous ! »

« Moi je trouve que ton t-shirt avec le logo du lion est le plus cool ! » répond Cloé, « bien que j'adore vraiment le pantalon cargo de Yasmin – les tons de lilas complémentent parfaitement le motif de camouflage. »

« Je sais, je les adore ! » s'écrie Yasmin. « J'ai aussi un faible pour les étoiles métalliques sur le t-shirt de Fianna ! »

« Merci ! » répond Fianna. « Mais je crois que Sasha possède la tenue la plus branchée – regardez un peu cette jupe kaki. Elle est extra ! »

Sasha fait tournoyer sa nouvelle jupe. « Je sais qu'elle n'est pas très utile pour le voyage, mais elle sera si géniale avec mon nouveau veston vert et mon débardeur de camouflage que je ne peux y résister ! »

« C'est un style vraiment cool pour aller à l'école ou au centre commercial », répond Jade. « C'est la meilleure façon de ramener le style safari branché dans les rues de Stilesville, Bunny Boo ! »

Les amies de Sasha la surnomment « Bunny Boo » parce qu'elle est toujours au courant des dernières tendances du milieu urbain en ce qui concerne la mode, la musique ou l'attitude !

« Merci, Jade », dit Sasha. Elle brandit un pantalon court kaki avant d'ajouter : « J'apporterai toutefois celui-ci en voyage. Il est mignon, vous ne croyez pas ? »

« Il est super », acquiesce Cloé.

Après que les filles aient payé pour leurs nouveaux vêtements, elles se dirigent vers la boutique d'articles de sport pour acheter les fournitures apparaissant sur la liste de mademoiselle Couri.

« Nous avons les jumelles, les gourdes, les lampes de poche, les appareils photo et les lunettes de soleil – est-ce qu'il manque quelque chose ? » demande Sasha en inspectant les objets choisis par elle et ses amies.

« Je pense que nous avons tout ce qui nous faut »,
répond Cloé. « Je me sens déjà totalement plein air ! »

« Moi aussi ! Je crois que nous sommes prêtes »,
ajoute Yasmin. « J'ai vraiment hâte de partir en
voyage ! »

Chapitre 3

Les trois semaines suivantes se déroulent dans un tourbillon de valises et de préparatifs et filent comme l'éclair. La semaine de relâche arrive sans même que les filles ne s'en aperçoivent, et ces dernières se trouvent bientôt dans un avion à destination de la forêt tropicale d'Amérique du Sud.

Dans l'avion, Jade, Sasha et Fianna s'assoient ensemble dans une rangée, tandis que Cloé, Yasmin et Lilee, la nouvelle élève, s'assoient dans une autre. Mademoiselle Couri est coincée avec les doubles nulles dans une troisième rangée.

« Pauvre mademoiselle Couri ! » s'exclame Jade. « Je serais incapable de supporter un vol international assise à côté de ces deux-là ! »

« Je suis sûre qu'elles se comporteront correctement », répond Sasha. « Après tout, elles espèrent que la prof leur donne des crédits supplémentaires pour ce voyage, alors elles ne peuvent pas être trop ennuyantes. »

« Tu as raison », ajoute Fianna.

Dans la rangée du milieu, Kirstee et Kaycee se chamaillent déjà.

« Ton sac empiète sur l'espace pour poser mes pieds », gémit Kaycee en frappant sa sœur.

« Non, ce sont tes pieds qui empiètent sur mon espace personnel », se plaint Kirstee en repoussant la main de sa sœur.

« Les filles, ce sera un long vol », interrompt mademoiselle Couri, « et nous partageons tous un espace très limité. Essayons d'en tirer le maximum, d'accord ? »

« Oui, mademoiselle Couri », grommellent les jumelles en croisant docilement les bras sur leurs genoux. Elles recommencent toutefois à se chamailler aussitôt que leur professeure se détourne pour regarder par le hublot.

Pendant ce temps, deux rangées plus loin, Cloé et Yasmin se présentent à la nouvelle élève qui semble très timide.

« Tu viens juste d'emménager ici, n'est-ce pas ? » demande Cloé.

« Ouais », répond doucement Lilee.

« Aimes-tu l'école secondaire de Stilesville jusqu'à présent ? » lui demande Yasmin.

« Ça va », répond Lilee. « Je m'y habitue encore. »

« Ouais, ça demande assurément une période d'ajustement », acquiesce Yasmin, « mais je suis sûre que tu t'y plairas bientôt tout autant que nous ! »

« Es-tu excitée de faire ce voyage ? » demande Cloé. « C'est vraiment génial d'aller explorer la forêt tropicale pendant la semaine de relâche, tu ne crois pas ? »

« En fait, ce sont mes parents qui m'ont obligée à m'y inscrire », admet Lilee. « Ils ont cru que ce serait une bonne façon de me faire de nouveaux amis. »

« Eh bien, ils ont tout à fait raison ! » s'exclame Cloé. « Après tout, tu nous as déjà rencontrées toutes les deux, et nos amies Yasmin, Sasha et Fianna participent aussi à ce voyage. Tu vas voir, elles sont vraiment géniales ! »

« Tant mieux », murmure Lilee en baissant les yeux. Elle n'a pas vraiment l'air excitée.

Cloé et Yasmin s'échangent un regard, mais Yasmin décide de poursuivre la discussion. « Bon, ce sera un vol plutôt long, alors je vais me plonger dans le nouveau roman que je me suis acheté. Voulez-vous lire un magazine ? J'en ai achetés des tonnes ! »

« Je pense que je vais plutôt me mettre à mes croquis », répond Cloé en sortant son carnet de croquis.

En tant qu'artiste du groupe, Cloé était sans cesse en train de dessiner, que ce soit pour gribouiller ou pour travailler sur un chef-d'œuvre.

« Et toi, Lilee ? Tu veux un magazine ? » demande Yasmin.

« Non, ça va comme ça », répond Lilee. Elle met ensuite ses écouteurs, sélectionne des chansons sur son lecteur MP3, penche la tête vers l'arrière et ferme les yeux.

« Tu crois qu'elle va bien ? » écrit Cloé dans son carnet de croquis. Elle glisse le carnet vers Yasmin. Cette dernière hausse les épaules, puis prend le crayon de Cloé.

« Elle est juste timide », griffonne-t-elle. « Je suis sûre qu'elle se décoincera. »

« J'espère ! » répond Cloé avant de tourner rapidement la page pour que personne ne puisse voir ses notes.

Mademoiselle Couri est déjà plongée dans un livre traitant de la forêt tropicale, tandis que les doubles nulles se partagent un seul guide de voyage et surlignent les spas et les boutiques dispendieuses qu'elles espèrent visiter durant leur séjour en Amérique du Sud.

Sasha lit la biographie d'une importante directrice de compagnie – Sasha a des mentors vraiment cool, mais ses amies sont toutes convaincues qu'elle aura un jour plus de succès que toutes ces femmes célèbres.

Jade sort son lecteur portable DVD et fait jouer l'une de ses comédies favorites. « Tu veux voir un film ? » demande-t-elle à Fianna.

« D'accord ! » répond Fianna. Elles branchent toutes deux leurs écouteurs dans le lecteur DVD et Jade commence le film. Les deux jeunes filles se mettent bientôt à rigoler en regardant l'écran.

« Hé, Cloé, tu veux qu'on partage nos idées pour notre magazine ? » demande Yasmin quelques instants plus tard.

« Ouais, d'accord », acquiesce Cloé. Elle tourne une nouvelle page de son carnet et se met à prendre des notes. « Nous ferons bien entendu un article sur les tenues de safari. »

« C'est sûr », répond Yasmin. « Que penses-tu d'offrir des conseils beauté pour les climats humides ? »

« Oh, j'en aurais personnellement besoin ! » dit Cloé. « Nous pourrions aussi écrire quelque chose au sujet des activités amusantes à pratiquer dans la jungle, comme la randonné et le kayak que nous ferons là-bas. »

« Nous devons aussi donner des conseils à nos lecteurs sur la façon d'aider à préserver la forêt tropicale », ajoute Yasmin.

« Bonne idée, Yas ! » s'exclame Cloé. « Nous devrions donc nous assurer d'inclure un article sur les animaux et les plantes incroyables que les gens peuvent observer dans la forêt tropicale afin qu'ils sachent pourquoi il est si important de les sauver. »

« Nous pourrions aussi écrire un article sur l'Amérique du Sud en général, car je suis certaine que notre voyage là-bas sera génial », suggère Yasmin.

« J'adore l'idée ! » s'écrie Cloé. Elle jette un coup d'œil à sa liste.

« Wow, nous avons une tonne de thèmes à aborder. Nous sommes prêtes pour ce numéro, n'est-ce pas ? »

« Je crois que si », lui répond Yasmin, « et je suis sûre que nous aurons encore plus d'idées lorsque nous serons là-bas. Il ne nous reste plus qu'à arriver dans cette forêt tropicale pour nous mettre vraiment au travail ! »

©MGA

Les doubles nulles passent alors à côté d'elles et frappent Cloé au passage, la faisant gribouiller sur sa liste.

« Hé ! » proteste Cloé.

« Oups ! » dit aussitôt Kaycee. « J'espère que ce n'était pas important. »

Kirstee jette un coup d'œil rapide à la liste reposant sur le cabaret de Cloé. « Tu n'étais pas en train de rédiger un numéro du Magazine Beurk, n'est-ce pas ? »

« Ça s'appelle Magazine Bratz », lui répond sèchement Cloé, « et ce n'est pas de tes affaires. »

« Peu importe son nom, tu perds ton temps », répond Kirstee. « S'il y a quoi que ce soit d'intéressant dans cette vieille jungle moisie, Kaycee et moi en parlerons en exclusivité dans NOTRE magazine. »

Cloé et Yasmin leur jettent un regard furieux, mais une agente de bord surgit entre les jumelles avant qu'elles puissent ajouter quoi que ce soit.

« Je vous prierais de regagner vos sièges », leur dit-elle. « Il est interdit de flâner dans les allées ! »

« Oh, flûte ! Nous qui avions une conversation si intéressante », dit sarcastiquement Yasmin. « Bon, alors on se parle plus tard, les filles ! »

Les doubles nulles se précipitent vers leurs sièges tandis que Yasmin et Cloé poussent un soupir de soulagement.

« Comment ferons-nous pour survivre toute une semaine avec elles ? » chuchote Yasmin lorsque les doubles nulles se trouvent hors de portée.

« Hé, la forêt tropicale est très vaste, n'est-ce pas ? » demande Cloé. « Je suis sûre que nous parviendrons à les éviter. »

« J'espère que tu as raison », répond Yasmin en se replongeant dans son livre, « car sinon, ces filles risquent de transformer ce voyage en véritable catastrophe. »

Chapitre 4

« Nous sommes arrivées ! » s'exclame Jade en regardant par le hublot tandis que leur avion touche le sol en bordure d'une forêt incroyablement luxuriante.

« Wow, c'est vraiment splendide », murmure Sasha.

« Fianna, réveille-toi ! » s'écrie Jade.

« Qu...Quoi ? » demande son amie en se réveillant. « Oh, sommes-nous déjà arrivées ? »

« Déjà ? » s'écrie Sasha. « Ce vol est interminable ! »

« Eh bien moi, je me suis payée un peu de sommeil réparateur », répond Fianna, « et je suis prête à prendre la forêt tropicale d'assaut ! »

Les huit jeunes filles et leur professeure sortent en rang de l'avion et récupèrent leurs bagages avant de sortir dans la chaleur humide de l'après-midi. Monsieur Torres, leur guide, les rejoint sur le trottoir et les aide à embarquer leurs bagages dans sa camionnette tandis que mademoiselle Couri le présente à sa classe.

« Monsieur Torres était mon guide lors de mon dernier voyage ici », explique mademoiselle Couri. « Il sait tout à propos de la forêt tropicale, et il vous montrera toutes sortes de plantes et d'animaux en cours de route. »

« Votre professeure connaît elle aussi beaucoup de choses au sujet de la forêt tropicale », répond monsieur Torres, « alors je suis sûr qu'elle aura également beaucoup d'informations à partager. »

« Nous sommes impatientes ! » s'exclame Cloé en montant à bord de la camionnette. « Quels sont les plans pour aujourd'hui ? »

« Nous installerons d'abord nos tentes, puis nous ferons un peu de randonnée dans les alentours pour vous familiariser avec la région », explique monsieur Torres. « Je sais que le vol est épuisant, alors nous irons doucement aujourd'hui. »

« Demain, nous entamerons notre vraie aventure ! » ajoute mademoiselle Couri.

« Je suis heureuse de l'entendre ! » s'exclame Sasha.

Monsieur Torres les conduit dans un petit emplacement en bordure de la forêt tropicale.

« Ceci est notre campement de base », dit-il aux filles. « Certains d'entre nous reviendrons ici vers la moitié de notre séjour pour renflouer nos approvisionnements. Si vous avez apporté trop de bagages pour vous promener avec aisance dans la jungle, je vous invite à les entreposer ici. Il est important que vous n'apportiez que le strict nécessaire, car à partir d'ici, nous marcherons jusqu'à notre campement. »

« Pourquoi ne pouvons-nous pas y aller en voiture, comme le reste des gens normaux ? » demande Kaycee.

« Parce que la forêt tropicale est bien trop précieuse et délicate pour la labourer avec un immense véhicule », explique mademoiselle Couri. « La marche nous permet d'y laisser un impact environnemental le plus minime qui soit. »

« C'est génial ! » s'exclame Yasmin. « Je me sens déjà comme une exploratrice ! »

Elle et ses amies n'ont apporté que le strict nécessaire, comme leur avait recommandé mademoiselle

34

Couri. Ainsi, elles n'ont qu'un seul sac à dos chacune à transporter jusqu'à leur site de camping. Lilee n'a pratiquement rien apporté – son sac à dos pend mollement sur ses épaules. Elle offre donc à monsieur Torres de l'aider à transporter de la nourriture. Les doubles nulles semblent légèrement plus chargées.

« Je dois absolument apporter mon séchoir à cheveux ! » se plaint Kaycee en fouillant dans ses valises et dans ses sacs pour tenter d'alléger sa charge. « Ainsi que mon fer à friser, et mon fer plat, et... »

« Kaycee, il n'y a pas de prise de courant dans la jungle, alors tu peux laisser tout ce qui est électrique », commence mademoiselle Couri.

« Eh bien, j'ai besoin de toutes ces chaussures, et de tous ces produits capillaires, et... Oh, il n'y a vraiment rien que je puisse laisser ici ! » gémit Kirstee.

« Nous n'avons apporté qu'une seule paire de chaussures chacune », interrompt Sasha. « Tu n'as qu'à enfiler les plus confortables, et tu n'auras pas à transporter aucune autre paire dans la jungle. »

« Une paire de chaussures est peut-être suffisante pour des horreurs de la mode telles que vous, mais moi, j'ai besoin d'options », répond sèchement Kirstee. « Après tout, je n'ai pas une paire de chaussures qui s'agence avec toutes mes tenues. »

« Kirstee, toute ta garde-robe est rose », lui indique Yasmin. « Ce ne doit pas être si difficile à agencer. »

Kirstee et Kaycee font toutefois les sourdes oreilles. Elles continuent à sortir des trucs de leurs sacs et forment une pile énorme avec les choses qu'elles doivent absolument apporter, et une toute petite pile avec les objets dont elles n'auront pas besoin.

« Pour ce qui est des produits capillaires, vous n'avez qu'à vous faire une queue de cheval », continue Cloé en essayant toujours de raisonner les jumelles. « Après tout, ce n'est pas une parade de mode, c'est un safari ! »

« Ce n'est certainement pas une parade de mode avec des perdantes telles que vous ! » répond sèche-ment Kirstee.

« Bien répondu ! » s'écrie Kaycee en frappant dans la main de sa sœur.

« Les filles, ça suffit ! » déclare mademoiselle Couri. « Je sais que nous sommes toutes épuisées par le voyage, mais ce n'est pas une raison pour être aussi insolentes. »

Elle lance un regard furieux aux doubles nulles qui baissent aussitôt la tête avant de murmurer « Désolée, mademoiselle Couri. »

« Si nous voulons passer au travers de la semaine, nous devrons travailler en équipe », poursuit mademoiselle Couri. « Nous aurons beaucoup de plaisir, mais nous devrons aussi travailler très fort, alors ça ne vaut pas la peine de gaspiller notre énergie à se disputer et à se dire des bêtises. Vous m'avez comprise ? »

Toutes les filles acquiescent. « Je suis une experte lorsqu'il est question de faire une valise, alors laissez-moi jeter un coup d'œil à tout cela », dit-elle aux doubles nulles. « Premièrement, vous n'avez besoin ni de jupes, ni de robes. Vous ne pourrez faire aucune activité de safari vêtues de la sorte. »

Les doubles nulles commencent à protester, mais mademoiselle Couri décide de les ignorer.

« Pas de talons hauts. Ces chaussures de sport feront l'affaire. » Elle sort ensuite quatre vestons de poids et de longueurs différents avant de pousser un soupir. « Un veston suffira. Vous n'avez qu'à les attacher autour de votre taille comme les autres filles pour ne pas qu'ils prennent inutilement de la place dans vos sacs à dos.

Mademoiselle Couri continue de trier le bagage des doubles nulles tandis que celles-ci obéissent à ses recommandations. « Cinq pantalons suffiront – vous n'en avez pas besoin de dix ! Peut-être sept chandails, mais pas quinze ! Les filles, vous pensiez que nous partions pour combien de temps ? »

« Nous voulions simplement être prêtes à toute éventualité », dit doucement Kaycee.

« J'apprécie votre geste, mais n'avez-vous pas lu la liste de fournitures que je vous ai remise ? » demande leur professeure. « J'étais très claire sur la quantité de vêtements à apporter. »

« Ça nous semblait très peu », répond Kirstee. « Nous avons donc décidé de doubler les quantités. »

« Je vois ça », lui répond mademoiselle Couri, « mais il est maintenant temps de couper de moitié. Nous verrouillerons le tout dans l'entrepôt qui est situé ici, dans le campement de base, et vous pourrez récupérer vos effets à la fin de la semaine. »

« Mais…que ferons-nous si nous manquons de vêtements ? » s'écrie Kaycee d'un air désespéré.

« Nous viendrons récupérer des approvisionnements dans quelques jours », leur rappelle monsieur Torres. « S'il vous manque quelque chose, vous pourrez participer à la randonnée de réapprovisionnement et prendre tout ce dont vous avez besoin. »

« Ce que vous avez besoin et que vous serez en mesure de transporter dans la jungle », leur rappelle mademoiselle Couri.

« Pourquoi n'avons-nous pas de chameaux ou de machins du genre qui puissent le faire pour nous ? » gémit Kaycee.

« Hum, je ne crois pas que les chameaux vivent dans la forêt tropicale », leur souligne Lilee qui parle pour la première fois. Cloé et Yasmin s'échangent alors un regard subtil– après tout, la nouvelle élève semble avoir du caractère !

« Peu importe », grommelle Kirstee.

« Allez, les filles, il est l'heure de se mettre en route – nous aurons beaucoup de choses à faire lorsque nous arriverons à notre site de camping », annonce mademoiselle Couri.

Les filles ramassent leurs sacs à dos tandis que monsieur Torres transporte la plupart des fournitures. Il les conduit dans la jungle en file indienne le long d'un sentier, jusqu'à ce que Cloé s'immobilise soudain.

« Attendez, nous avons oublié nos tentes ! » s'écrie-t-elle. « Qu'allons-nous faire ? Nous allons prendre des coups de soleil, et nous nous ferons attaquer par des singes sauvages, et... »

« Ne t'en fais pas, Cloé », lui dit calmement monsieur Torres. « Je me suis rendu en bateau au site de camping un peu plus tôt avec les tentes et les sacs de couchage, alors ils sont déjà sur le site. »

« Ouf ! » s'exclame Cloé. Ses amies répondent enriant – bien que Cloé ait souvent tendance à réagir de façon excessivement dramatique, elle réussissait normalement à se ressaisir rapidement.

Ils poursuivent leur randonnée, monsieur Torres et mademoiselle Couri leur désignant des animaux exotiques en cours de route.

« Chut », chuchote monsieur Torres. « Si vous regardez attentivement, vous apercevrez un singe hurleur dans cet arbre ! »

« Ohh ! » roucoulent les filles – toutes à l'exception de Kirstee, qui se met plutôt à crier : « Où est-il ? Je ne le vois pas », faisant aussitôt fuir le singe dans un autre arbre. « Je suis sûr que tu pourras en voir un autre », soupire monsieur Torres.

« Les filles, regardez cet iguane géant ! » s'exclame mademoiselle Couri en pointant vers le sol, là où un énorme iguane vert les regarde en tirant paresseusement la langue.

« Cool ! » chuchote Jade d'un air excité. « Je dois prendre une photo. »

Elle avait suspendue sa caméra sur son épaule pour pouvoir l'avoir sous la main en tout temps. Elle l'allume aussitôt et prend une photo en gros plan du reptile.

« Cette photo sera publiée dans notre magazine ! »
s'exclame-t-elle.

« Voyez-vous ces orchidées exotiques ? » demande
mademoiselle Couri en leur montrant des fleurs
orange brillantes à travers le feuillage.

« Splendides ! » s'écrie Cloé. Elle sort sa caméra et
prend une photo.

« Je peindrai ces fleurs lorsque je rentrerai à la
maison ! »

Ils arrivent bientôt au site de camping où leurs
tentes et leurs sacs de couchage sont tous empilés sur
le sol. Monsieur Torres et mademoiselle Couri les
entraînent dans la clairière. Cloé, Jade, Sasha, Yasmin
et Fianna discutent avec enthousiasme tandis que les
doubles nulles se disputent, fidèles à leurs habitudes.
Lilee traîne derrière.

« D'accord, c'est à vous de déterminer qui seront
partenaires de tente », dit mademoiselle Couri à ses
élèves. « Monsieur Torres et moi aurons chacun notre
tente, mais le reste d'entre vous devrez partager. »

Yasmin constate que Lilee a baissé les yeux, certaine de ne pas être choisie. Yasmin sait comment on se sent lorsqu'on est la nouvelle élève. Elle se précipite donc aux côtés de Lilee pour lui remonter le moral.

« Veux-tu partager une tente avec moi ? » demande-t-elle.

Lilee lève les yeux d'un air étonné. « Qui... moi ? » bégaye-t-elle.

« Oui, toi ! » répond Yasmin. « À moins que tu aies déjà dit à quelqu'un que tu serais sa partenaire. »

©MGA

« Non », répond doucement Lilee, « personne ne me l'a encore demandé. Je serais donc heureuse de partager une tente avec toi. »

« Génial ! » Yasmin fait un grand sourire à sa nouvelle amie, puis se précipite auprès des autres pour leur annoncer qu'elle avait déjà choisi une partenaire.

« C'est gentil de ta part, Yas », lui dit Cloé.

« Je ne veux pas qu'elle se sente exclue », explique Yasmin, « et j'aurai amplement le temps de passer du temps avec vous au cours de ce voyage – j'imagine que nous irons seulement dans nos tentes pour dormir.

« C'est vrai », acquiesce Sasha. « Bon, alors Jade, tu veux partager une tente avec moi ? Je sais parfaitement comment monter une tente, alors c'est un point en ma faveur. »

« J'accepte », déclare Jade.

« J'imagine que tu es coincée avec moi », dit Cloé à Fianna.

« C'est d'accord, du moment que tu me laisses te donner un coup de pied si tu te mets à ronfler », la taquine Fianna.

« Je ne ronfle pas, n'est-ce pas ? » demande Cloé. Elle se tourne pour faire face à ses meilleures amies. « Depuis toutes ces années de soirées pyjamas, pourquoi ne m'avez-vous rien dit ? »

« Je pense qu'elle se moque de toi, 'Angel' », lui murmure Jade. Le surnom de Cloé est « Angel » à cause de son style divinement éblouissant.

« Oh, je m'en doutais bien », répond Cloé. « Bon, hum… pourquoi ne pas monter ces tentes ? »

« Ouais – c'est l'heure de construire notre maison dans cette jungle ! » annonce Sasha.

Tout le monde monte rapidement sa tente, à l'exception des doubles nulles qui s'embringuent sans cesse dans une pile de mâts et de pans de tente.

« Je pense que notre tente est brisée », se plaint Kirstee.

« Je ne crois pas que le problème soit la tente », répond monsieur Torres en les extirpant de sous leur tente pour la troisième fois.

« Mais rien ne fonctionne ! » râle Kaycee.

« Laissez-moi voir ce que je peux faire », dit monsieur Torres en poussant un soupir. Il monte rapidement la tente des jumelles, qui le bousculent aussitôt pour se précipiter à l'intérieur en remerciant à peine leur guide.

« Je ne sais pas comment ces filles feront pour survivre dans la jungle », Cloé l'entend-elle dire à mademoiselle Couri. Cloé étouffe un rire en s'éclipsant à nouveau à l'intérieur de sa tente – les doubles nulles et la nature sauvage ne font vraisemblablement pas un bon mélange.

Chapitre 5

« Bon matin ! » s'écrie mademoiselle Couri en regardant dans chacune des tentes tôt le lendemain matin. « Nous devons nous activer – nous avons des tortues de mer en voie d'extinction à sauver ! »

« Des tortues ? Comme c'est mignon ! » s'exclame Cloé, soudain complètement éveillée. Elle se penche vers son amie, qui est encore enroulée dans son sac de couchage. « Debout Fianna ! »

« Encore cinq minutes », grommelle Fianna.

« Fianna, les tortues ne peuvent attendre plus longtemps ! » insiste Cloé.

« Les tortues ? » demande Fianna. Elle s'étire en se réveillant tranquillement. « Cloé, de quoi parles-tu ? »

Cloé est toutefois trop occupée à s'habiller et à bondir à l'extérieur de la tente pour lui répondre. Fianna la suit quelques instants plus tard en traînant les pieds. Elle est habillée, mais beaucoup moins fringante que Cloé. Elles s'assoient à côté du feu de camp où leur guide est déjà en train de préparer le petit-déjeuner.

« Miam, ça sent bon ! » s'écrie Jade en sortant de sa tente.

« Merci », répond monsieur Torres. « Ce sera prêt dans une minute. »

« J'ai hâte ! » répond Jade.

« Avez-vous bien dormi ? » demande Sasha en rejoignant les filles autour du feu de camp.

« Très bien – malgré le sol qui est dur comme de la roche, des bruissements étranges provenant de la forêt et de la chaleur intense », dit Cloé.

« Je n'ai pas entendu de bruissements », proteste Fianna.

« C'est parce que tu dors comme une marmotte, ma chère », déclare Cloé en mettant son bras autour de l'épaule de Fianna. « Je t'assure qu'il y avait d'effrayantes créatures qui se promenaient sur notre site la nuit dernière. »

« Vous n'avez rien à craindre », insiste monsieur Torres. « Bien que nous soyons au coeur de la nature sauvage, je n'ai jamais vu d'animal s'incruster sur le site. »

Yasmin se joint à eux juste à temps pour entendre leurs propos.

« Ne faites pas attention à Cloé », dit-elle au guide. « Elle s'emporte facilement. »

« Qu'est-ce que tu veux dire ? » s'écrie Cloé. Ses amies la regardent jusqu'à ce qu'elle l'admette. « D'accord, c'est vrai. Je m'emporte facilement. Je suis désolée, monsieur Torres – je ne voulais pas mettre en doute vos compétences de guide. »

« Ça va », répond monsieur Torres. « Ça peut prendre un certain temps avant de s'habituer à la jungle, mais je suis sûr que tu l'apprécieras bientôt tout autant que moi ! »

Il tourne les œufs une dernière fois, puis il annonce que le déjeuner est servi.

« Hé, où est Lilee ? » demande Jade à Yasmin.

« Elle est encore dans la tente », répond Yasmin, « mais je suis sûre qu'elle se lèvera pour manger. Je vais aller la chercher. »

©MGA

Elle retourne vers sa tente, puis elle aperçoit mademoiselle Couri qui tente encore de convaincre les doubles nulles de sortir de la leur.

« Vous avez besoin d'aide ? » demande Yasmin à sa professeure.

« Je n'ai jamais rien vu de tel », répond mademoiselle Couri. « C'est comme si elles ne parvenaient pas à m'entendre. »

« Je m'en occupe », lui dit Yasmin.

Elle plonge la tête dans la tente et s'écrie : « Hé, Kirstee, merci de me laisser emprunter ton veston rose ! »

« Quoi ? Non ! » s'écrie Kirstee en bondissant à l'extérieur de son sac de couchage. « Je ne veux pas que ces idiotes de Bratz touchent à mon nouveau veston. Kaycee, réveille-toi ! » Elle secoue sa sœur pour la réveiller et poursuit sa tirade. « Yasmin essaie de me voler mon veston ! »

« Occupe-toi de TON veston », répond Kaycee d'un ton plaintif. « J'essaie de récupérer. »

« Continue de dormir si tu veux, mais nous devrons manger toute la nourriture sans toi », répond Yasmin en haussant les épaules.

« Oh, non ! Nous allons mourir de faim ! » s'exclame Kaycee. « Kirstee, nous devons sortir d'ici avant que ces Bratz dévorent toute la nourriture ! »

Les doubles nulles bousculent Yasmin et mademoiselle Couri avant de se précipiter vers le feu de camp.

« Merci », dit mademoiselle Couri en essayant de dissimuler son rire.

« Contente de vous avoir aidée », répond Yasmin. Elle se dirige vers sa tente et se penche à l'intérieur.

« Lilee, tu es prête pour le petit-déjeuner ? »

« Bien sûr », acquiesce Lilee. « J'arrive tout de suite. »

Lorsqu'elles se retrouvent toutes autour du feu de camp pour déguster le délicieux petit-déjeuner concocté par monsieur Torres, mademoiselle Couri leur explique qu'ils s'apprêtent à faire une randonnée dans la nature jusqu'à une plage se trouvant à proximité et qui abrite quatre espèces de tortues en voie de disparition.

« Nous devons aider à nettoyer leur plage, nous assurer que leurs nids soient en sécurité et les aider à relâcher les bébés tortues dans l'océan », poursuit mademoiselle Couri. « Est-ce que tout le monde veut participer ? »

« Ça semble génial ! » s'exclame Yasmin.

« Je suis contente de te l'entendre dire », dit mademoiselle Couri en souriant. « Bon, alors terminez vos petits-déjeuners, enfilez vos vêtements de randonnée, et nous pourrons nous mettre en route. »

Ils marchent sous les couverts feuillus et les immenses palmiers. Au cours de leur randonnée, ils aperçoivent des aras colorés, une jolie petite rainette et un drôle d'animal appelé cabiai qui ressemble à cochon d'Inde géant.

« Ces animaux sont incroyables ! » s'exclame Jade.

« Attends de voir les tortues », lui dit mademoiselle Couri.

Ils sortent bientôt de la forêt et aboutissent sur une plage remplie de tortues de mer se prélassant en bordure d'un océan bleu clair.

« Wow ! » s'écrie Sasha. « C'est ici que nous passerons la journée ? »

« Pas mal, n'est-ce pas ? » demande monsieur Torres.

« Ouais, je pense que je pourrai survivre », répond joyeusement Fianna.

Ils font alors la rencontre de mademoiselle Soto, une scientifique qui s'occupe de l'écloserie des tortues de mer sur la plage.

« L'écloserie sert à protéger les nids de tortues, à s'assurer que leurs œufs éclosent et à transporter les bébés tortues dans l'océan pour qu'ils soient en sécurité », explique-t-elle. « Aujourd'hui, vous nous aiderez à exécuter toutes ces tâches. »

Elle leur montre comment transporter les nids de tortues dans l'écloserie sans perturber les œufs et comment transporter soigneusement les adorables petits bébés tortues jusqu'à l'océan afin de les relâcher dans la mer.

« Elles sont si mignonnes », gazouille Cloé.

Jade prend une photo de sa meilleure amie en compagnie d'un bébé tortue, et Cloé prend une photo de groupe de ses amies qui entourent une tortue géante.

« J'adore le motif de leur carapace », dit Jade à ses amies en contemplant d'un air émerveillé le motif complexe vert et brun qui orne la carapace de la tortue. « Je vais créer une robe basée sur ce modèle lorsque nous rentrerons à la maison ! »

« C'est une excellente idée, 'Kool Kat' ! » s'exclame Sasha. Les amies de Jade la surnomment « Kool Kat » parce qu'elle est toujours au courant des dernières tendances de la mode.

Kirstee et Kaycee sont désignées pour nettoyer la plage tandis que les autres s'occupent des tortues.

« Pourquoi est-ce que je ne peux pas m'occuper des bébés tortues ? » gémit Kaycee. « Ces Bratz ont autant de bébés tortues qu'elles le désirent ! »

« Allons, Kaycee, dit sa sœur en poussant un soupir, elles ne peuvent pas garder les tortues. Elles ne font que les relâcher dans la nature. »

« Je veux relâcher des tortues dans la nature », se plaint Kaycee.

« Ce n'est pas vrai », répond sèchement Kirstee.

« Oh », répond simplement Kaycee, puis elle continue de nettoyer la plage en silence.

Les filles passent la journée à la plage pour aider les tortues, et même les doubles nulles semblent finalement en profiter. Bien que Lilee demeure silencieuse tout au long de la journée, Yasmin constate qu'elle est très douce avec les tortues et semble très heureuse de les aider.

« C'est une fille vraiment chouette », dit Yasmin à ses amies. « J'aimerais juste trouver une façon de la faire sortir de sa carapace. »

« Ha ! Carapace ! » s'exclame Jade.

« Ce n'est pas une blague de tortue », lui dit Yasmin.

« Oh, avoue que c'en était une ! » insiste Jade.

« Peu importe. Je veux vraiment trouver une façon de l'aider », insiste Yasmin.

« Tu l'as déjà beaucoup aidée, 'Jolie Princesse' », répond Jade. Ses amies surnomment Yasmin « Jolie

Princesse » pour son style élégant s'apparentant presque aux tenues royales. « Ne t'en fais pas – je suis sûre qu'elle se décoincera. »

« Vous avez toutes fait un travail fantastique », annonce mademoiselle Soto au moment de leur départ. « Les tortues et moi apprécions énormément tout ce que vous avez fait. »

« Ce n'est pas un travail que d'aider ces merveilleuses créatures », s'exclame Sasha.

« Je suis contente que vous ayez apprécié », dit mademoiselle Couri tandis qu'elle et monsieur Torres les conduisent de nouveau dans la jungle.

©MGA

Les filles discutent avec enthousiasme des tortues de mer durant tout le chemin du retour. « C'était génial de tenir ces bébés tortues dans nos mains ! » s'exclame Fianna.

« Je sais, et je sens que nous les avons vraiment aidées », ajoute Yasmin.

« C'est le cas », intervient mademoiselle Couri.

Lorsqu'ils arrivent au campement, mademoiselle Couri leur offre d'aller nager dans une chute d'eau située non loin de là. Les filles se précipitent toutes dans leurs tentes et enfilent leurs maillots de bain avant de suivre mademoiselle Couri. Monsieur Torres se dirige dans la jungle tandis que les filles et leur professeure vont nager.

La chute, qui jaillit au-dessus d'une falaise pour venir percuter une piscine d'eau translucide, est à couper le souffle. Les filles sautent dans l'eau froide et s'amusent en faisant des clapotis, en rigolant et en prenant des tas de photos avec la caméra imperméable de Sasha.

Même mademoiselle Couri se joint à la fête en faisant un boulet de canon et en se laissant flotter sur le dos dans la piscine placide.

Les doubles nulles refusent de mettre un orteil dans l'eau et décident plutôt de se faire bronzer dans leurs ridicules maillots de bain roses assortis ornés de volants.

« Qui sait ce qui se trouve là-dedans ? » gémit Kaycee.

« Nous te le dirons si nous apercevons un horrible monstre ! »

Lilee est assise sur le bord de la piscine, et bien que les filles insistent pour qu'elle se joigne à elles, elle refuse en secouant légèrement la tête.

« Ce sera idéal pour notre article sur les tenues de plage tropicales », déclare Jade en posant dans son maillot parsemé d'empreintes de tigre tandis que Sasha la prend en photo.

« Oh, moi aussi ! » s'exclame Cloé en tourbillonnant dans son maillot à imprimés de camouflage. « Hé, Fianna, viens prendre une photo avec moi ! » Fianna s'approche en se pavanant dans son bikini à motifs de feuilles, puis les filles prennent une photo de groupe.

« Je me sens totalement tropicale », ajoute Yasmin en faisant quelques pas de passerelle de mode en bordure de la piscine, vêtue de sa monopièce à motifs d'hibiscus. « Sasha, tu es tout à fait splendide dans ce tankini orange. »

Elle aide son amie à sortir de l'eau, puis Jade prend une photo avec la caméra de Sasha.

« Ces clichés ne vont pas se retrouver dans le magazine, n'est-ce pas ? » demande Yasmin. « Je faisais une grimace sur la dernière photo que tu as prise ! »

« Ça reste à voir, n'est-ce pas, les filles ? » la taquine Jade. Les filles éclatent aussitôt de rire.

Elles ont tellement de plaisir qu'elles ne se rendent pas compte lorsque Lilee s'éclipse doucement dans la jungle.

Chapitre 6

« Ça alors ! Que s'est-il passé avec nos tentes ? » s'exclame Cloé lorsqu'elles rentrent de la chute d'eau et trouvent leurs tentes empilées en tas sur le sol.

« Oh, non ! Où est Lilee ? » s'écrie mademoiselle Couri en regardant autour d'elle d'un air frénétique. « Lilee, tu vas bien ? »

La nouvelle élève surgit des bois à cet instant.

« Je suis ici », dit Lilee. « Je suis allée faire une promenade pendant que vous étiez à la chute d'eau. Je suis désolée, j'aurais dû vous dire où j'allais. »

« Oui, tu aurais dû », déclare mademoiselle Couri. « Les filles, il est strictement interdit de vous promener seule dans la jungle, c'est compris ? »

« Oui, mademoiselle Couri », répondent-elles toutes en chœur.

Lilee semble très embarrassée. Yasmin s'approche d'elle pour s'assurer que tout va bien.

« Tu ne t'amusais pas à la chute d'eau ? » demande-t-elle.

« Je ne sais pas… Je crois que je m'ennuyais un peu », répond Lilee.

Sasha se joint à elles et lui dit : « Tu sais que tu peux toujours compter sur nous, n'est-ce pas ? Je sais que nous nous amusons parfois entre nous, mais n'hésite jamais à te joindre à nous si tu le désires. »

« Oh…merci », murmure Lilee, « mais j'avais juste envie de faire une promenade, c'est tout. »

« Eh bien, la prochaine fois que tu veux aller faire une promenade, demande à l'une d'entre nous de se joindre à toi », insiste Jade. « Nous devons nous serrer les coudes, d'accord ? »

« Vos discours sont très mignons, mais que ferons-nous avec notre site de camping ? » demande Kirstee.

« Ouais, il est complètement ruiné ! » s'écrie Kaycee.

« Pour une fois, je suis d'accord avec Kaycee et Kirstee », admet Cloé. « Nous devons réparer tout cela, et vite ! »

Le soleil est déjà en train de se coucher. Les filles, leur professeure et leur guide doivent donc lutter pour remonter leurs tentes dans la noirceur. Ils restent éveillés une bonne partie de la nuit avant de s'effondrer, épuisés, dans leurs sacs de couchage quelques heures avant l'aube.

« Selon vous, qu'est-il arrivé à nos tentes ? » demande Sasha le matin suivant. Elle et ses amies sont blotties les unes contre les autres autour du feu de camp. Elles baillent et elles ont peine à garder les yeux ouverts.

« Pensez-vous que les doubles nulles aient quelque chose à voir là-dedans ? » demande Cloé.

« Impossible », répond Jade. « Elles ont souffert tout autant que nous la nuit dernière. Elles ne feraient jamais rien qui puisse leur nuire autant. »

« Tu as raison », acquiesce Yasmin. « C'était probablement à cause du vent. »

« Ouais, ou à cause d'un animal errant dans les environs ! » s'écrie Cloé.

« Je suis certaine que c'était le vent », insiste Yasmin.

Lilee sort de sa tente et vient s'asseoir de l'autre côté du feu de camp. Les doubles nulles se hissent bientôt aussi à l'extérieur de leurs tentes.

« Aujourd'hui, nous irons faire du kayak sur la rivière », annonce mademoiselle Couri lorsque les jeunes filles sont toutes réunies.

« Génial ! » s'exclame Sasha.

Les filles marchent jusqu'à l'embouchure de la rivière où cinq kayaks les attendent.

« Kirstee, tu embarqueras avec moi, et Kaycee, tu iras avec monsieur Torres », dit mademoiselle Couri. « Le reste d'entre vous pouvez choisir vos propres partenaires de kayak. »

« Avons-nous des ennuis ? » demande Kaycee.

« Non… Nous avions besoin de ton aide et de celle de ta sœur », explique mademoiselle Couri.

Cloé et Jade s'échangent un regard, certaines que leur professeure craignait que les jumelles ne se poussent en dehors du kayak si elles montaient ensemble.

©MGA

Cloé demande à Lilee de monter avec elle, tandis que Jade se joint à Fianna et Sasha à Yasmin.

Monsieur Torres leur montre comment pagayer, puis il les aide à pousser leurs kayaks dans la rivière.

« Ouah ! Nous allons vraiment vite ! » s'exclame Jade tandis qu'elles avancent sur la rivière.

« Regarde cette vue ! » ajoute Fianna en contemplant la jungle qui se dresse au-dessus d'elles en suivant la paroi de la falaise jusqu'au bord de la rivière.

« J'adore cet endroit », acquiesce Jade.

Yasmin prend des notes entre deux coups de pagaie. « Ceci doit absolument être sur la couverture de notre magazine. Quelle incroyable aventure ! »

« Oh, nous devrions aussi écrire un article sur les entraînements physiques effectués dans la nature sauvage », ajoute Sasha, « car ce sport est vraiment épuisant ! »

Cloé tente d'entamer une discussion avec Lilee, mais cette dernière ne prononce que quelques mots à la fois.

« Est-ce que tout va bien ? » demande finalement Cloé.

« Quoi ? » Lilee, qui avait levé la tête vers les arbres, regarde aussitôt Cloé qui est assise derrière elle dans le bateau. « Oh…ouais. Je crois que je ne suis faite pour ce genre de safari, tu comprends ? »

« Mais hier tu étais géniale avec les tortues de mer », insiste Cloé, « et c'est si beau ici – comment peut-on ne pas aimer cet endroit ? »

Lilee reste silencieuse durant un long moment. Cloé croit qu'elle ne répondra pas à sa question, mais Lilee finit par admettre « c'est vraiment génial ici. »

Cloé sent qu'elle parvient enfin à faire parler la nouvelle élève, mais elles sont interrompues lorsque Kaycee coince son kayak en bordure de la rivière. Elles tirent toutes leurs kayaks sur un banc de sable avoisinant, puis elles marchent pour aider à décoincer Kaycee et le pauvre monsieur Torres.

Dès qu'ils sont libérés, Kirstee fait renverser son kayak, entraînant mademoiselle Couri dans la rivière avec elle. Sasha et Yasmin aident à les repêcher, tandis que Jade et Fianna récupèrent leur bateau et le remettent à l'endroit pour qu'elles puissent reprendre la route.

Tandis qu'ils aident mademoiselle Couri et Kirstee à regagner leur kayak, elles aperçoivent un troupeau de dauphins rosés en train de s'amuser joyeusement dans l'eau.

« Ouah, je ne savais pas que les dauphins pouvaient vivre dans les rivières ! » s'exclame Fianna.

« C'est le cas en Amérique du Sud », explique mademoiselle Couri en se réinstallant dans son kayak. « C'est donc l'endroit idéal pour les observer ! »

« Wow », s'exclame Jade en regardant les dauphins gambader dans la rivière. « Il y a vraiment des tas d'animaux extraordinaires qui vivent dans la forêt tropicale. »

©MGA

« C'est pour cette raison que je voulais vous emmener ici », répond mademoiselle Couri, « pour que vous puissiez voir cette grande diversité d'espèces. »

« Il est peut-être temps de conclure notre excursion de kayak », suggère monsieur Torres en enlevant des feuilles qui se sont plantées dans ses cheveux lorsqu'il s'est écrasé sur la rive avec Kaycee.

Ils font tous demi-tour et retournent vers l'embouchure de la rivière en pagayant très fort pour avancer en amont. Jade s'arrête un moment pour dire au revoir aux dauphins avant de s'éloigner en pagayant.

« Je suis désolée que nous ayons dû interrompre cette excursion », dit mademoiselle Couri lorsqu'ils regagnent leur site de camping. Elle enfile aussitôt des vêtements secs et se sèche les cheveux avec une serviette.

« Ne vous en faites pas pour cela », répond Yasmin. « C'était génial ! »

« De toute façon, nous sommes épuisées par les problèmes de tentes que nous avons dû régler la nuit dernière », ajoute Sasha. « Ça fera du bien de se coucher tôt ce soir. »

« En fait, est-ce que ça irait si nous faisions un somme avant le souper ? » demande Jade.

« Bonne idée », répond mademoiselle Couri. Ils se dirigent tous vers leurs tentes pour se reposer.

Quelques instants plus tard, ils se font tous réveiller par les cris stridents des doubles nulles.

« Que se passe-t-il ? Que se passe-t-il ? » s'écrie mademoiselle Couri en sortant en trombe de sa tente.

« Notre nourriture ! Elle a disparu ! » hurle Kaycee.

Leurs provisions sont éparpillées partout sur le site, et tous les aliments comestibles ont été dévorés.

« Qu'est-ce que vous avez fait ? » demande Sasha en rejoignant les autres dans la clairière.

« Rien ! » proteste Kirstee. « Nous nous sommes réveillées et nous nous apprêtions à prendre une collation lorsque nous avons découvert tout ce gâchis ! »

« C'est terrible », déclare monsieur Torres. « Il est trop tard pour retourner au campement de base – nous devrons y retourner demain matin pour nous réapprovisionner. »

« Oh, génial. Je pourrai récupérer mon autre tenue rose ! » s'exclame Kaycee.

« Quel soulagement », répond sèchement monsieur Torres. « Pour l'instant, nous ferions mieux de retourner nous coucher. »

« Vous voulez dire que nous ne souperons pas ? » gémit Kirstee.

« Nous n'avons pas vraiment le choix », lui indique Jade.

« D'accord, mais si jamais j'apprends que les Bratz sont responsables de tout ce gâchis, je me vengerai », promet Kirstee.

« Elle ne rigole pas », chuchote Kaycee lorsque sa sœur s'éloigne. « Elle prend le souper très au sérieux. »

Elle rattrape aussitôt sa jumelle.

« Je crois que je vais aussi retourner me coucher », murmure Lilee avant de se traîner les pieds jusqu'à sa tente.

« Que s'est-il passé, selon vous ? » demande Yasmin.

« Il s'agit probablement d'animaux sauvages », répond Sasha.

« Mais nous avons vu monsieur Torres attacher toute la nourriture dans les arbres pour la mettre à l'abri des animaux », souligne Fianna. « Après tout, il sait très bien ce qu'il fait. C'est son travail. »

« Les doubles nulles se sont peut-être goinfrées et se sont laissées emporter », suggère Cloé.

« Je ne crois pas », dit Jade. « Elles avaient vraiment l'air en colère, et elles ne sont pas de bonnes comédiennes. »

« Alors qui est la coupable, d'après toi ? » demande Yasmin.

« Je ne sais pas encore », répond Jade, « mais il se passe des trucs vraiment étranges dans cet endroit, et nous ferions mieux de découvrir de quoi il s'agit. »

Chapitre 7

Le matin suivant, monsieur Torres entraîne les doubles nulles au campement de base pour prendre plus de nourriture et de tenues roses, tandis que mademoiselle Couri emmène le reste du groupe faire une balade en nature dans les alentours du site de camping. Elles voient des toucans, des tamanoirs et Lilee aperçoit même un jaguar se frayer un chemin dans les sous-bois.

« Tu as un bon sens de l'observation, Lilee ! » s'écrie mademoiselle Couri. « Le jaguar est l'un des animaux les plus magnifiques de la jungle – et également l'un des plus menacés. Nous sommes très chanceuses d'en avoir vu un. »

Monsieur Torres et les doubles nulles s'absentent durant un long moment, et lorsqu'ils reviennent enfin du campement de base, il est l'heure de souper et de se mettre au lit.

« Qu'est-ce qui vous a pris autant de temps ? » demande mademoiselle Couri après que les doubles nulles et Lilee aient regagné leurs tentes.

« Un dilemme de garde-robe », soupire monsieur Torres, « et quelques disputes à propos de qui marchait trop près de qui. »

« Ça semble terrible », répond mademoiselle Couri. « Je suis désolée que vous ayez dû vous occuper d'elles. »

« J'ai connu pire », lui dit monsieur Torres.

« Vraiment ? » demande-t-elle, étonnée.

« Oui, je vous assure », dit-il en riant.

Lorsque les adultes regagnent leurs tentes, les filles s'assoient autour du feu de camp pour travailler sur des articles pour leur magazine. Yasmin écrit à propos de leur aventure avec les tortues de mer, Jade se concentre sur les tendances de la jungle, Cloé prend des notes au sujet des animaux exceptionnels qu'ils ont observés jusqu'ici au cours de leurs randonnées, Sasha écrit sur leur excursion en kayak et Fianna songe à des conseils beauté.

« Il s'agira du meilleur numéro du Magazine Bratz jusqu'à maintenant ! » déclare Cloé.

« Nous devrions faire des numéros sur les voyages plus souvent », suggère Yasmin. « Il y a tant d'endroits à visiter, et tant de choses géniales à raconter. »

« Il ne nous reste plus qu'à convaincre mademoiselle Couri de nous emmener faire le tour du monde », la taquine Jade.

« Hé, les filles, nous ferions mieux de nous mettre au lit », dit Sasha en regardant l'heure sur sa montre sport. « Je suis sûre que nous devrons nous lever encore très tôt demain matin. »

« J'espère seulement que la journée de demain se déroulera sans incident », soupire Cloé.

« Moi aussi », acquiesce Fianna. « Ces deux mésaventures sont suffisantes pour tout le reste du voyage. »

Les filles se souhaitent bonne nuit, puis Yasmin regagne doucement sa tente en prenant soin de ne pas réveiller Lilee, mais elle est si épuisée qu'elle ne remarque pas que Lilee a les yeux grands ouverts dans son sac de couchage puisqu'elle attendait le retour de sa partenaire de tente.

Le matin suivant, le soleil resplendit de nouveau. Il s'agit d'une journée chaude et ensoleillée, et les filles ont très hâte d'entamer leur prochaine aventure dans la forêt tropicale.

Yasmin a une nouvelle idée pour le magazine au cours du déjeuner – des recettes amusantes à concocter autour d'un feu de camp. Elle se rend à sa tente pour écrire son idée, et elle découvre que tous les articles et les notes prises au cours de leur voyage ont disparu.

« Les filles, nous avons un problème », dit-elle à ses meilleures amies en les entraînant un peu plus loin.

« Yas, que se passe-t-il ? » demande Sasha d'un air inquiet.

« Nos notes ont disparu. Tout a disparu », leur dit Yasmin.

« Nous avons perdu tous les articles que nous avons rédigés à propos du voyage ? » s'écrie Cloé.

©MGA

« Eh bien… Nous pourrons sûrement les réécrire », dit Yasmin pour la rassurer.

« Ou alors nous pouvons découvrir qui s'en est emparé et récupérer ce qui nous appartient », déclare Jade.

« Je suis sûre qu'il s'agit des doubles nulles », dit Sasha. « Elle tentent désespérément d'avoir la primeur pour leur magazine, et grâce à nos notes, elles ont tout ce dont elles ont besoin. »

« Bon, ça suffit. Nous surveillerons ces jumelles 24 heures sur 24 pour les surprendre la main dans le sac », dit Jade à ses amies.

« Je m'en occupe », acquiesce Cloé.

« Elles ne s'en tireront pas aussi facilement », ajoute Sasha.

« Et nous récupérerons nos notes ! » s'écrie Yasmin.

Ce jour-là, le groupe escalade le versant d'un volcan inactif qui est maintenant recouvert de la même verdure luxuriante qui orne le reste de la forêt tropicale.

« Je n'arrive pas à croire que je suis en train de marcher sur un volcan ! » s'exclame Cloé.

« Je sais ! C'est incroyable, n'est-ce pas ? » demande mademoiselle Couri. « J'adore me promener ici pour contempler la forêt tropicale. Je pense que c'est la meilleure façon de vraiment prendre conscience de son étendue et de sa splendeur. »

« Tout à fait », répond Fianna.

« Oh, les filles, regardez le tapir ! » s'écrie mademoiselle Couri en désignant une créature noire, accroupie, possédant un nez pendant qui se cache parmi le feuillage.

« Où ? » hurle Kaycee en se cramponnant au bras de sa sœur. « Je ne peux pas supporter les tapirs ! »

« Kaycee, tu es certaine de savoir ce qu'est un tapir ? » demande mademoiselle Couri.

« Eh bien… non », admet Kaycee, « mais ils ont l'air effrayant. »

« Ce n'est pas le cas », lui promet mademoiselle Couri. « Ils font partie de la même famille que les rhinocéros, mais ils ressemblent à un mélange entre un cochon et un tamanoir. Ça ne semble pas très effrayant, n'est-ce pas ? »

« Je ne sais pas… », répond Kaycee. « Je n'aime ni les cochons, ni les tamanoirs. »

Mademoiselle Couri répond par un soupir. Kirstee se met à hurler un peu plus loin sur le sentier. « Il me tient ! Quelque chose me tient ! »

Mademoiselle Couri se précipite à ses côtés pour découvrir que le chandail de Kirstee s'est accroché à une branche et qu'une feuille lui balaie le visage, faisant croire à la jeune fille qu'elle se faisait attaquer.

« Ce n'est qu'un arbre », lui explique mademoiselle Couri. « Il ne peut pas te faire de mal. »

« Êtes-vous sûre qu'il ne s'agit pas d'un arbre meurtrier ? » demande Kirstee. « J'ai entendu dire que d'étranges plantes meurtrières poussaient dans des endroits comme ici, alors si je me suis fait empoisonner, je préfère le savoir maintenant. »

« Kirstee, tu n'as rien du tout », insiste mademoiselle Couri. « Je dois maintenant aller guider les autres pour ne pas qu'elles se perdent sur le sentier. »

Sur ce, elle rejoint vivement le reste du groupe.

« Je crois bien que notre professeure essaie de fuir les doubles nulles », chuchote Fianna.

« Je sais ! » s'exclame Cloé. « Ne ferais-tu pas la même chose à sa place ? »

« Je remarque d'ailleurs que les doubles nulles ont peur de tout », dit Jade. « Je crois qu'elles sont tellement paniquées que même si elles le voulaient, elles n'auraient pas l'énergie de nous embêter. »

« Je sais… Elles ne nous ont pas dit de bêtises depuis plusieurs jours », ajoute Cloé. « Je trouve ça très étrange. »

« Elles ont bel et bien dit qu'elles avaient besoin de ces crédits supplémentaires en biologie », leur rappelle Sasha. « Elles se comportent peut-être véritablement du mieux qu'elles le peuvent. »

« Peut-être », admet Yasmin d'un air incertain tandis qu'elles continuent à escalader le versant du volcan. « Ouah ! » s'écrie-t-elle lorsqu'elles atteignent le sommet et contemplent la forêt tropicale qui s'étend autour d'elles. La forêt est verte, splendide et florissante. Elle se demande

©MGA

pourquoi quelqu'un cherchait à détruire un endroit aussi vivant.

Le cri des singes et des oiseaux tropicaux retentit des branches qui les entourent, créant une musique qui accompagne les filles tout au long de leur exploration.

« Comment peuvent-elles ne pas aimer cet endroit ? » murmure Yasmin en contemplant la vue avec sérénité.

« La nature ne plaît pas à tout le monde », répond Cloé en haussant les épaules alors qu'elles entament leur descente.

Lorsqu'elles arrivent au campement ce soir-là, le groupe partage un délicieux repas d'empenadas, puis tout le monde se met au lit. Après s'être assurées que tous les autres dormaient, les cinq filles se réunissent à nouveau autour du feu de camp pour discuter de leur situation. Yasmin ne s'aperçoit pas que sa partenaire de tente la suit jusqu'au feu de camp et se dissimule dans l'ombre pour que les filles ne puissent la voir.

« S'il ne s'agit pas des doubles nulles, alors qui est donc le coupable ? » demande Fianna.

« Il ne s'agit décidément pas de mademoiselle Couri », dit Cloé. Elle sursaute ensuite, les yeux écarquillés. « Pourrait-il s'agir de... monsieur Torres ? Après tout, pensez-y – personne ne sait rien à son sujet, et il est censé s'assurer que ce voyage se déroule sans embûche – ce qui n'est vraisemblablement pas le cas. »

« Pourquoi voudrait-il saboter notre voyage ? » demande Yasmin. « C'est comme ça qu'il gagne sa vie, alors pourquoi voudrait-il tout détruire ? »

« Il est vraiment mystérieux, par contre », souligne Jade. « Il part toujours seul, sans jamais dire à personne où il va ou ce qu'il fait. Et il n'a pas eu l'air surpris par la tournure des événements. »

« C'est vrai ! » s'écrie Cloé. « Il en a peut-être secrètement marre des touristes comme nous qui explorent sa jungle et sèment la pagaille. »

« Ou peut-être que le fait de partager un kayak avec Kaycee et de faire une randonnée privée avec les doubles nulles lui a fait perdre le boule », ajoute Fianna.

« Personnellement, je suis sûre que ça me ferait perdre la boule », ajoute Jade.

« Comment ferons-nous pour découvrir s'il est le coupable ? » demande Yasmin.

« Je crois que nous devrions simplement aller le voir et lui demander la vérité », déclare Sasha.

« Mais nous avons besoin de lui pour nous guider dans la jungle », leur souligne Cloé. « Si nous l'accusons, il nous laissera peut-être choir dans la jungle pour toujours ! J'aime beaucoup la forêt tropicale, mais je ne tiens pas à y passer le reste de ma vie ! »

« Cloé, il ne va pas nous abandonner dans la jungle ! » la raisonne Sasha. « De toute façon, mademoiselle Couri connaît bien la jungle, elle aussi. Je suis sûre que nous pourrions nous en sortir, même sans l'aide de monsieur Torres. »

« J'espère que ce ne sera pas le cas », répond Jade. « Je n'arrive vraiment pas à voir qui d'autre pourrait être le coupable, et s'il s'agit bel et bien de lui, je ne tiens vraiment plus à le suivre dans la jungle ! »

« Alors, quel est notre plan ? » demande Fianna.

« Demain, nous attendrons qu'il se faufile dans la jungle, puis nous le suivrons pour le surprendre la main dans le sac », annonce Jade. « Ensuite, nous le confronterons toutes ensemble pour lui faire cracher la vérité. Ce ne sera pas facile, mais c'est vraiment la chose à faire. »

Ses amies acquiescent d'un air morose.

Lilee se faufile dans sa tente tandis que les autres filles se souhaitent bonne nuit. Elle s'étend dans son sac de couchage, les yeux grands ouverts dans la noirceur. Elle se sent incroyablement coupable. Elle sait pertinemment que monsieur Torres n'a rien à voir avec leurs malheurs, mais elle est terrifiée à l'idée de dévoiler l'identité du vrai coupable aux autres filles. Elle s'agite et tourne dans tous les sens durant toute la nuit. Elle décide de suivre les filles le matin suivant lorsque ces dernières se lanceraient à la poursuite de monsieur Torres.

Chapitre 8

Le matin suivant, les filles se lèvent plus tôt que d'habitude et surprennent monsieur Torres qui sort de sa tente avant de se faufiler dans la jungle.

« Suivons notre guide ! » s'écrie Jade.

Elles suivent monsieur Torres dans la forêt tropicale jusqu'à ce qu'elles débouchent dans une clairière. Elles se cachent alors derrière une rangée d'arbres et l'observent rôder dans la clairière d'un air très mystérieux.

« Qu'est-ce qu'il fabrique ? » chuchote Fianna.

« Je n'en sais rien, mais je parie que ça n'augure rien de bon ! » déclare Cloé. « Attrapons-le ! »

Les filles se précipitent aussitôt dans la clairière. « Arrêtez-vous immédiatement ! » s'écrie Jade.

Monsieur Torres sursaute en entendant sa voix.

« Hum, salut, les filles. Qu'est-ce que vous faites ici ? » demande-t-il d'un air confus.

« C'est plutôt à nous de vous poser cette question », répond froidement Sasha.

« J'explore la clairière que nous reboiserons probablement aujourd'hui », explique-t-il. « À l'origine, il ne s'agissait pas d'une clairière – les arbres ont été coupés illégalement, et vous aiderez à faire revivre la forêt en y plantant de nouveaux arbres dans le cadre de votre travail de bénévolat. »

« Pourquoi avez-vous besoin de partir en douce pour explorer la clairière ? » demande Jade.

©MGA

« Je suis votre guide, alors c'est mon travail d'explorer les lieux avant de vous y entraîner », explique-t-il. « Je me lève toujours avant mon groupe pour jeter un coup d'œil aux endroits que nous allons explorer au courant de la journée. Pourquoi ? Que croyiez-vous que j'étais en train de faire ? »

« Vous prétendez donc que chaque fois que vous vous faufilez dans la jungle, vous ne faites que votre travail ? » demande Cloé.

« Bien sûr », répond monsieur Torres. « Qu'est-ce que je ferais d'autre ? Est-ce que vous auriez maintenant l'obligeance de me dire ce qui se passe ? »

« Nous trouvons simplement qu'il y a beaucoup de choses étranges qui se sont produites au cours de ce voyage », explique Yasmin. « Nos tentes se font d'abord jeter par terre, puis quelqu'un détruit toute la nourriture et nos notes disparaissent. »

« Quelles notes ? » demande monsieur Torres. « Je n'ai rien entendu à propos de cela. »

« Nous voulions faire un numéro spécial de notre magazine sur la forêt tropicale », explique Jade.

« Nous croyons qu'il s'agit d'une bonne façon de conscientiser les gens sur la beauté de cet endroit, mais quelqu'un a volé toutes les notes que nous avons prises durant le voyage, et je ne sais pas si nous serons capables de rédiger nos articles sans nos notes ! »

« J'adorerais lire un magazine portant sur cette majestueuse forêt tropicale », dit monsieur Torres.

« Je croyais que vous en aviez assez des étrangers qui viennent piétiner votre jungle à tous moments », dit Cloé.

Monsieur Torres semble d'abord surpris, puis il répond lentement : « Tout d'abord, il ne s'agit pas de « ma » jungle. Il s'agit d'une merveille naturelle, et je crois que tout le monde devrait avoir la chance d'explorer sa beauté. C'est pour cette raison que j'adore mon travail, et c'est justement mon travail de guider les gens dans la forêt tropicale. Pourquoi est-ce que faire mon travail me causerait un problème ? »

« Je vois bien que ça n'a aucun sens », admet Jade, « mais si vous n'êtes pas celui qui sabote notre voyage, alors qui est le coupable ? »

« Eh bien, je ne voulais rien dire avant d'en être bien certain, mais… » Leur guide regarde les filles une à une et respire profondément avant de poursuivre. « J'ai suivi votre amie Lilee lorsqu'elle a quitté la chute d'eau et je l'ai vue en train de massacrer les tentes. Je sais que j'aurais dû le dire avant, mais elle a l'air si gentille que je n'ai pas voulu lui causer d'ennuis. Je me suis réveillé tôt le jour où la nourriture a disparu, et je l'ai vue en train de décrocher la nourriture des arbres – je croyais qu'elle voulait simplement prendre une collation. »

« C'est elle la coupable », s'exclame Jade. « Tout s'explique. Penses-y, Yas. C'est aussi elle qui a le plus facilement accès à nos notes, puisqu'elle partage une tente avec toi.

La jeune fille qui se cache derrière les arbres se couvre aussitôt la bouche pour dissimuler sa stupéfaction. Elle avait voulu avouer la vérité aux filles avant que ces dernières n'en parlent à monsieur Torres, mais elle n'en avait pas eu le courage, et elle craint maintenant qu'il soit trop tard.

« Mais elle a l'air si gentille ! » proteste Yasmin. « Pourquoi ferait-elle une chose pareille ? »

« En fait, nous ne la connaissons pas si bien que ça », souligne Sasha.

« Et elle a vraiment tenté de nous éviter tout au long de ce voyage, malgré le fait que nous ayons tout fait pour devenir ses amies », ajoute Cloé.

« Je n'arrive pas à le croire », insiste Yasmin. « Elle est juste un peu timide – Je n'arrive pas à croire qu'elle puisse faire quelque chose d'aussi méchant. »

« Nous devrons donc faire la lumière sur ce mystère », répond Jade. « Aujourd'hui, nous lui demanderons des explications lorsque nous reviendrons ici pour planter des arbres. »

Sur ces mots, Lilee regagne rapidement le campement pour être seule dans sa tente quelques instants et réfléchir à la façon dont elle répondrait à leurs questions.

88

« Merci pour l'info, monsieur Torres », dit Fianna, « et nous sommes désolées de vous avoir soupçonné. »

« Ça va », répond leur guide. « Je sais que vous tentiez seulement de comprendre ce qui se passait autour d'ici. »

« Vous êtes un guide fantastique », répond Cloé, « et je me sens horriblement mal de vous avoir accusé. »

« Nous aussi », ajoute Sasha. « Comment pouvons-nous nous rattraper ? »

« En récupérant ces notes et en publiant le numéro sur la forêt tropicale », répond monsieur Torres. « Ça pourrait vraiment faire une différence, et je serais vraiment heureux de savoir que vous vous êtes inspirées de l'une de mes visites guidées. »

« Oh, nous pouvons aussi parler du fait que vous êtes un guide super ! » s'écrie Cloé.

« Hé, je n'ai rien contre cette idée », dit le guide en souriant.

©MGA

Les filles suivent leur guide jusqu'au campement où tout le monde est maintenant réveillé.

« Où étiez-vous ? » demande mademoiselle Couri aux filles. « Ne vous ai-je pas déjà dit de ne pas vous promener seules ? »

« Elles n'étaient pas seules », l'interrompt monsieur Torres. « Je leur ai fait faire une promenade matinale dans la nature. J'espère que ça ne vous dérange pas. »

« Oh – Eh bien ça va, du moment que vous étiez avec elles », répond mademoiselle Couri d'un air peu convaincu.

« Alors, que ferons-nous aujourd'hui ? » demande Fianna.

« Je vous en supplie, dites-moi que nous allons nous reposer aujourd'hui », supplie Kirstee.

« Ouais, nous sommes censées être en vacances, et je n'ai pas pu faire la grasse matinée une seule fois ! » renchérit Kaycee.

« En fait, aujourd'hui est la journée la plus importante de notre voyage jusqu'à maintenant », annonce mademoiselle Couri. « Nous allons replanter des arbres que des gens ont coupés. Nous pourrons ainsi aider véritablement la forêt tropicale en la reboisant. Pensez-vous être capables de relever le défi ? »

« Peut-être », marmonnent les doubles nulles.

« Peut-être ? » s'exclame Yasmin. « Oh, allons les filles ! Il n'y a rien de plus excitant que d'aider à préserver l'une des ressources les plus spectaculaires de la planète ! »

Les doubles nulles roulent des yeux, mais cessent de se plaindre.

Ils se dirigent tous vers la clairière, leurs sacs remplis de graines. Mademoiselle Couri leur explique à quelle profondeur et à quelle distance elles doivent planter les graines, puis les filles se mettent au travail.

Yasmin se met à planter des graines d'un côté de Lilee tandis que Jade s'installe de l'autre. Cloé, Sasha et Fianna s'installent aussi près d'elle. Elles s'étaient mises d'accord pour que Yasmin entame la conversation puisqu'elle connaissait Lilee un peu plus que les autres.

Elles travaillent en silence durant quelques minutes, puis Yasmin brise la glace. « Lilee, j'ai quelque chose à te demander. »

« D'accord », répond prudemment Lilee.

« Eh bien, je suis sûre que tu as remarqué que des choses étranges s'étaient produites au cours de ce voyage », continue Yasmin.

« Tu parles de l'approvisionnement illimité de vêtements roses de Kaycee et Kirstee ? » demande Lilee, ce qui fait immédiatement rire Yasmin.

« Tu as raison, c'est très étrange », acquiesce Yasmin, « mais ce n'est pas de cela dont je voulais te parler. »

« Oh. Tu veux parler des tentes et de la nourriture », dit Lilee.

« Eh bien oui », répond Yasmin, « et toutes les notes que nous avons prises durant ce voyage pour le prochain numéro de notre magazine ont, elles aussi, disparu. »

« Nous croyions d'abord qu'il ne s'agissait que d'un accident », poursuit Jade, « mais nos notes ne peuvent pas disparaître par magie. »

Lilee arrête de planter des graines et s'assoit sur le sol en fixant ses mains qu'elle serre sur ses genoux. Elle lève la tête quelques instants plus tard avant de chuchoter : « En fait, il s'agit bel et bien d'un accident. »

« Quoi ? » s'écrie Yasmin en croyant avoir mal compris. « Et comment le sais-tu ? »

« Parce que c'est de ma faute », admet Lilee.

Chapitre 9

« Quoi ?! » s'exclament Yasmin et ses amies.

« Comment as-tu pu faire une chose pareille ? » demande Yasmin. « Je croyais que nous étions tes amies ! »

« Je voulais devenir votre amie », répond Lilee. « Après tout, tes amies et toi êtes si gentilles avec moi, mais vous êtes si complices que je ne savais pas trop comment m'inclure dans votre groupe. »

« Oh, nous ne voulions pas que tu te sentes exclue ! » s'écrie Cloé.

« Je sais bien que non », lui dit Lilee, « mais…à vrai dire, je n'ai jamais eu de groupe d'amies tel que le vôtre, alors je ne savais pas trop comment agir. »

« Alors tu as décidé de voler nos effets personnels ? » lui demande sèchement Sasha.

« Non ! » proteste Lilee. « Ce n'est pas ce que tu crois. »

« Laisse-la s'expliquer », insiste Yasmin. « Continue », ajoute-t-elle en se tournant vers Lilee.

« Merci, Yasmin », répond humblement Lilee. « Je voulais juste trouver une façon de me faire inclure dans votre groupe… »

« Tu n'avais pas à faire ça ! » interrompt Yasmin.

« Je sais », dit Lilee, « mais je voulais quand même faire quelque chose que vous alliez apprécier. Tout a commencé avec les tentes. »

« Pourquoi aurions-nous apprécier de se faire renverser nos tentes ? » demande Jade.

« Jade ! » lui siffle Yasmin.

« Désolée », murmure Jade.

« Lorsque nous sommes allées enfiler nos maillots de bain, je vous ai entendues vous plaindre de la chaleur qu'il faisait à l'intérieur des tentes », poursuit Lilee. « Je suis donc revenue plus tôt de la chute pour les déplacer vers un endroit ombragé. Je me suis dit que tout le monde serait content et que, hum, j'arrangerais ainsi la situation. »

« Alors, que s'est-il passé ? » demande Cloé.

« Je n'arrivais pas à déplacer les tentes toute seule », admet Lilee. « J'ai essayé de toutes mes forces, mais j'ai fini par les renverser les unes par-dessus les autres sans pouvoir les relever. Je me suis sentie tellement mal d'avoir forcé tout le monde à rester debout toute la nuit pour les remettre en place que j'ai décidé de cuisiner un bon petit repas pour le groupe afin de me faire pardonner. »

« C'est gentil de ta part », lui dit Fianna.

« La cuisine est ma spécialité », explique Lilee. « C'est la seule chose que je puisse faire de bien. »

« Oh, allons, je suis sûre que tu sais faire des tas d'autres trucs ! » interrompt Yasmin.

©MGA

« Eh bien, apparemment, je ne suis pas très bonne pour monter des tentes », répond Lilee en esquissant un sourire.

« Alors, que s'est-il passé avec ton souper ? »

« J'ai étendu toute la nourriture sur le sol pendant que le groupe dormait, puis je suis allée chercher du bois pour le feu », leur dit Lilee. « Lorsque je suis revenue, la nourriture était déchiquetée en petits morceaux, comme vous l'avez vu par la suite. Je ne me suis absentée que pendant quelques minutes, mais j'imagine qu'un animal s'est attaqué à notre nourriture pendant que j'étais partie. »

« C'est terrible ! » s'exclame Cloé.

« Je me suis tout de même sentie affreusement mal », dit Lilee. « Je sais que c'est idiot de ma part d'avoir laissé toute la nourriture traîner comme ça, et j'étais tellement paniquée que je n'arrivais pas à vous dire la vérité. »

« Tout le monde commet des erreurs », répond Sasha.

« Même toi, Sasha ? » s'exclame Jade d'un air surpris en souriant à son amie.

« Même moi », avoue Sasha. « Du moins, ça m'arrive parfois. »

Elle se tourne vers Lilee. « Je comprends tout à fait ce qui s'est produit avec les tentes et la nourriture, mais que s'est-il passé avec nos notes ? »

« Je n'arrêtais pas de vous entendre parler de ces super articles que vous écriviez pour votre magazine », explique Lilee. « Je sais que je n'aurais pas dû être si indiscrète, mais bon, je n'avais personne à qui parler, et vous aviez des conversations si intéressantes. »

« Tu aurais pu te joindre à nous ! » insiste Cloé.

« Je m'en rends bien compte aujourd'hui », répond Lilee, « mais avant, je ne me sentais pas assez en confiance pour m'inclure dans votre groupe, tu comprends ? »

« Je comprends tout à fait », lui répond Yasmin. « Ce n'est pas facile d'être la nouvelle venue dans un groupe d'amies. »

« Je voulais vraiment lire vos articles », dit Lilee, « et je sais que j'aurais simplement dû vous le demander, mais chaque fois que j'essayais de le faire, je devenais trop nerveuse. Puis je les ai vus qui reposaient à l'intérieur de notre tente, alors je les ai pris. »

« Lilee », soupire Sasha en secouant la tête.

« Je sais ! Je me sens tellement mal ! » s'écrie Lilee. « Non seulement je les ai pris, mais je suis ensuite allée les lire près du feu de camp. Le feu commençait à s'éteindre, alors j'ai dû me pencher pour pouvoir continuer à les lire, et...eh bien...j'ai échappé toutes vos notes dans le feu. J'ai essayé de les récupérer, j'ai vraiment essayé, mais elles ont brûlé trop vite... »

« Nos articles ont donc disparu à jamais ? » gémit Cloé.

« Ouais », admet Lilee. « Je suis vraiment désolée. Ces articles étaient vraiment fantastiques ! Je sais qu'ils vous auraient permis de publier le meilleur numéro de votre magazine. Je me sens vraiment mal que les autres n'aient pas la chance de les lire. »

« Eh bien, je suis contente que tu les aies aimés », dit tristement Yasmin.

« Je voulais vous en parler plus tôt, je vous assure », dit Lilee d'un ton suppliant. « Je ne voulais surtout pas que monsieur Torres soit mêlé à tout cela ! »

« Comment le sais-tu ? » demande Jade.

« Je...Je vous ai entendues parler autour du feu de camp hier soir, alors j'ai décidé de vous suivre ce matin », explique Lilee. « Si vous n'aviez pas cru monsieur Torres, je serais immédiatement intervenue pour vous dire que j'étais la coupable, mais vous l'avez cru, et il m'a accusée, et j'ai eu si peur que je suis vite retournée au campement. Je m'excuse aussi pour cela. »

« Tu ne peux pas espionner les gens ainsi ! » laisse échapper Sasha.

« Mais ce n'était pas mon intention », insiste Lilee. « J'essayais seulement de trouver une façon de vous dire la vérité, mais c'est parfois très difficile pour moi de dire la bonne chose au bon moment. »

« Hé, pourquoi ont-elles le droit de prendre une pause ? »

©MGA

demande Kirstee en observant les six jeunes filles qui étaient accroupies ensemble sur le sol et semblaient en pleine discussion.

« Ouais, pouvons-nous nous reposer, nous aussi ? » demande Kaycee.

« Les filles, que se passe-t-il ? » demande mademoiselle Couri en suivant les doubles nulles dans la clairière. « Je pensais que vous vouliez aider à sauver la forêt tropicale. »

« C'est le cas », répond Cloé, « mais Lilee nous expliquait comment elle a accidentellement renversé nos tentes, laissé la nourriture sur le sol et échappé nos notes dans le feu de camp. »

« Quoi ? » s'écrie Kirstee. « C'est toi qui a renversé nos tentes et qui a perdu toute notre nourriture ? »

« Pourquoi ? » hurle Kaycee.

« Ce n'est qu'un accident », répond sèchement Sasha. « Il s'agit en fait d'une longue série d'accidents. »

« Lilee, est-ce que c'est vrai ? » demande mademoiselle Couri.

Lilee acquiesce, les yeux remplis de larmes. « Je voulais seulement vous aider, mais tout ce que je faisais se transformait en désastre ! »

« Hé, je pense que c'est très gentil de ta part d'avoir voulu nous aider de cette façon », dit Yasmin en mettant son bras autour de Lilee pour la réconforter. Lilee avait commis des erreurs, mais Yasmin sait bien qu'elle ne voulait pas faire de mal. Il est hors de question qu'elle reste plantée là et qu'elle laisse la nouvelle élève se sentir aussi misérable. « Je sais que les choses ne se sont pas vraiment déroulées comme tu l'avais prévu – mais c'est simplement parce que tu as essayé de tout faire toute seule. »

« Si tu nous avais demandé de l'aide, nous aurions pu t'aider à mettre tes super plans en œuvre », ajoute Sasha. « Après tout, c'est toujours plus facile de faire quelque chose quand tu peux compter sur l'aide des autres ! »

« J'ai une idée ! Lorsque nous aurons terminé de planter les graines, pourquoi ne pas faire toutes les choses géniales que tu avais prévu de faire ? » suggère Jade. « Nous pourrions ainsi réparer toutes tes erreurs, comme tu l'avais prévu. Après tout, tout le monde mérite une deuxième chance. »

« Ouais ! » s'écrient les filles en chœur.

« Mademoiselle Couri, vous n'êtes pas en colère contre Lilee, n'est-ce pas ? » demande nerveusement Cloé.

« Non...Je crois comprendre ce qui s'est produit », répond leur professeure, « et je crois que c'est très gentil de votre part de bien vouloir aider Lilee à réparer ses erreurs. »

« Hé, je suis encore en colère à propos de la nourriture », gémit Kaycee.

« Kaycee, il est temps de passer à autre chose », lui dit Fianna.

« Mais... », commence Kaycee avant que mademoiselle Couri ne l'interrompe.

« Retournez à vos plantations, les filles ! » s'écrie-t-elle. « Plus vite vous aurez planté ces graines, plus vite la forêt tropicale pourra se régénérer ! »

« Et plus vite nous pourrons aller nous étendre dans nos tentes ! » ajoute Kirstee tout bas.

Chapitre 10

« Lilee, tu avais raison ! » s'exclame Fianna en jetant un coup d'œil au nouvel emplacement des tentes. « Nous aurions vraiment dû les installer à l'ombre au tout début du voyage ! »

Même les doubles nulles avaient aidé à déplacer les tentes, et puisque tout le monde avait participé, ils avaient terminé en un rien de temps. Les tentes sont vraiment plus fraîches et plus confortables lorsqu'elles sont à l'ombre.

Lilee est impatiente de leur concocter un repas ce soir-là – elle savait que la cuisine lui permettrait de se démarquer. Ses nouvelles amies l'aident à couper les ingrédients et à faire bouillir de l'eau, mais elle insiste pour préparer le vrai repas toute seule afin de leur faire une surprise.

« Alors ? Vous aimez ? » demande nerveusement Lilee après avoir déposé un plateau de délicieuses pâtes devant chacune de ses compagnes. Lilee semble préparée au pire.

« Lilee, c'est délicieux ! » s'exclame Cloé. « Je n'arrive pas à croire que tu aies préparé ce repas sur un feu de camp ! »

« C'est vraiment bon ! » acquiesce Jade. « Imagine ce que tu pourrais faire avec un vrai four ! »

« Je ne veux pas vous offenser, monsieur Torres, mais c'est le meilleur repas que j'aie mangé jusqu'à présent ! » ajoute Sasha.

« Je suis d'accord – c'est meilleur que tout ce que j'ai préparé ! » répond monsieur Torres.

« Ha, merci, les amis », dit Lilee en rougissant.

« Ouais, c'est pas aussi mauvais que ce à quoi je m'attendais », admet Kirstee à contrecoeur en prenant une bouchée.

« Je dirais plutôt que c'est délicieux », corrige mademoiselle Couri.

« Ouais, Kirstee, c'est délicieux » dit Kaycee pour embêter sa soeur. « Hum, puis-je en ravoir, s'il te plaît ? » ajoute-t-elle d'un ton sérieux.

Lilee entasse joyeusement des pâtes dans l'assiette de Kaycee.

« Je suis vraiment contente que nous ayons découvert à quel point tu es une chef talentueuse ! » s'exclame Yasmin.

« Alors, commences-tu à te sentir mieux maintenant que tu as réparé plusieurs de tes erreurs ? » demande Fianna à Lilee.

« Oui, mais...je ne sais toujours pas quoi faire à propos des articles que j'ai détruits », dit Lilee en soupirant.

« Quoi ? Tu as détruit les articles de leur stupide Magazine Bratz ? » demande Kirstee. « C'est génial ! »

« Kirstee », l'avertit mademoiselle Couri.

« Je voulais dire que c'est vraiment dommage. »

« Pourquoi est-ce que vous ne récrivez pas simplement vos articles ? » suggère mademoiselle Couri. « Je sais que ça demande beaucoup d'efforts, mais je suis certaine que vous vous souvenez de toutes les choses super cool que nous avons faites ici, n'est-ce pas ? »

« Bien sûr que si », répond Jade.

« Je parie que le fait de réécrire nos articles les rendra encore meilleurs », dit Yasmin, leur rédactrice en chef. « Je préfère parfois rédiger un brouillon, puis le ficher au fond de mon tiroir avant de recommencer à zéro – c'est une excellente façon d'avoir un nouveau regard sur ce que j'écris ! »

« Lilee, je parie que tu pourrais écrire un article amusant sur la façon dont les choses tournaient au vinaigre lorsque tu essayais de nous faire plaisir », suggère Sasha.

« En fait, – si ça vous convient – je pensais plutôt écrire un article sur la façon de se faire de nouveaux amis », répond Lilee.

©MGA

« Je pourrais parler des choses à faire et à ne pas faire, puisque ces dernières semblent être ma spécialité ! »

« Je crois que tu t'en es très bien tirée », lui dit Cloé.

« C'est vraiment grâce à vous », insiste Lilee. « J'apprécie vraiment que vous soyez si compréhensives à propos de… eh bien, de tout. »

« C'est à cela que servent les amis », répond Jade.

« Bon, j'en ai assez de ces discours absurdes sur l'amitié », annonce Kirstee. « Kaycee et moi allons regagner nos tentes. À demain matin. »

Sur ce, Kirstee et sa sœur s'éloignent d'un pas lourd.

« Qu'est-ce qui leur prend ? » demande Lilee.

« C'est une question que l'on se pose à tous les jours », lui dit Sasha, « mais certaines choses demeurent un mystère. »

« Alors, devrions-nous commencer à travailler sur ces articles ? » demande Yasmin avec enthousiasme. Elle est toujours excitée à l'idée de travailler sur un nouveau projet d'écriture.

« En fait, je vous conseillerais plutôt de vous mettre au lit », leur dit mademoiselle Couri. « Mais que diriez-vous si demain, nous participions à une toute dernière aventure ? Je crois que ce serait un complément génial à votre magazine. »

« Nous sommes toujours prêtes pour une aventure », déclare Jade.

« Quelle est donc cette aventure ? » demande Fianna.

« De la descente en eau vive ! » répond mademoiselle Couri.

« Génial ! » répondent les filles.

Le matin suivant, elles partent de nouveau en randonnée jusqu'à la rivière. Cette fois-ci, elles s'entassent toutes dans un grand radeau pneumatique jaune pour contempler une dernière fois la spectaculaire forêt tropicale sud-américaine.

Elles prennent des tas de photos et prennent des notes à chaque fois qu'elles s'arrêtent sur la terre ferme pour prendre une collation ou pour se reposer.

« C'est vraiment l'activité la plus cool que nous ayons faite jusqu'à maintenant ! » s'exclame Jade tandis qu'elles se laissent emporter par le courant rapide et défilent le long de la rivière en contemplant la jungle qui les entoure de tous côtés.

« C'est dur à dire », répond Yasmin. « Nous avons fait des tas d'activités géniales, alors nous avons l'embarras du choix. »

Le matin suivant, les filles disent au revoir à monsieur Torres et récupèrent le surplus de bagages des doubles nulles au campement de base avant de se diriger vers l'aéroport.

Les filles travaillent sur les articles du Magazine Bratz portant sur la forêt tropicale durant presque tout le vol de retour et parviennent à terminer le numéro avant même d'atterrir.

Les filles sont capables de recréer et d'améliorer les articles perdus en regardant leurs photos numériques et en recueillant tous leurs souvenirs de voyage.

« C'est que j'appelle du travail d'équipe », dit Cloé.

« Merci de nous aider à écrire notre magazine », dit Jade à Lilee. « Tu as fait un travail fantastique. »

« Et c'est sans aucun doute le meilleur numéro du Magazine Bratz jusqu'à présent », ajoute Yasmin.

« C'est tout à fait normal – il est inspiré de la meilleure semaine de relâche qui soit », déclare Sasha.

« Et vous êtes les meilleures amies du monde ! » s'exclame Lilee.

« Haaaa ! » s'écrient-elles toutes en chœur.

« Je vous promets de ne plus jamais vous mentir », ajoute Lilee.

« Tu n'avais que de bonnes intentions », répond Yasmin. « C'est ce qui compte le plus à nos yeux. »

« Merci les filles », murmure Lilee, les larmes aux yeux.

« Je suis vraiment contente que nous ayons pu apprendre à te connaître au cours de ce voyage, Lilee », ajoute Cloé.

« Et moi donc ! » leur dit Lilee. « Je me sens vraiment chanceuse d'avoir des amies telles que vous sur qui je puisse compter – même si j'ai perdu toute la nourriture et que j'ai mis le feu à vos articles ! »

« C'est une vraie preuve d'amitié », acquiesce Jade.

Les filles éclatent de rire. L'agente de bord leur lance aussitôt un regard désapprobateur qui les fait rire de plus belle. Le vol du retour est très long, mais avec de telles amies, le temps file sans même qu'elles s'en aperçoivent